JN242436
思春期テレパス
天沢夏月
Natsuki Amasawa

Design／カマベヨシヒコ

思春期テレパス

天沢夏月
Natsuki Amasawa

プロローグ

――ずっと三人でさ、変わらないでいようね。

翼がそんなことを言ったのは、春休みだったか。進級して二年生になる学たちはクラス替えを控えていて、三人同じクラスにはなれないだろうことを、漠然と予期していたのかもしれない。

――変わらないなんて無理だろ。

大地がそんなふうに返していたのを覚えている。

――えー、ノリわるーい。

――ノリの問題か？

――ノリだよー。そこはさー、冗談でもさー、軽くてもさー、「おー」とか言っとくとこでしょーよ。

――知るか。だいたい、変わらないって、具体的にどんなだよ。

――んー、今までみたいに一緒にバスケして、一緒に帰って、一緒に遊ぶ……トカ？

――要するにガキのままでいようってことな。

大地のそのまとめ方が妙にツボったせいもあって、学はその会話をよく覚えている。

――変わらないでいよう。

その一言は、自分たちでも知らず知らずのうちに、お互いの身の内にピーターパンを生んだ。永遠の少年。大人にならない子供。彼は三人を子供と大人の境目――思春期というネバーランドに閉じ込め、時の中に停滞させてしまったのだ。

一、夏色ダウナー

そのメールは、主に女子の間で噂になっていた。

――そのサイトに空メール送ると、友だちの〝本音〟を教えてくれるんだって。

七月上旬の空は青い。梅雨明けはまだだが、気の早い夏雲がもくもくと、窓の向こうをのんびりたゆたっていく。期末テスト真っ盛りの二年三組は、試験勉強から解放される寸前の、クレッシェンドの一番先っちょみたいに静まり返っていて、外の音がよく聞こえた。さっきから竿竹屋の車がゆっくりと徘徊している。隣の四組で誰かがカーテンレールにつるしたという風鈴が、リンリンと涼しげに鳴っている。

答案を書き終えた解答用紙をひっくり返し、水島学はぼんやり窓の外を眺めていた。

もう一学期も終わろうかというその時期〝本音メール〟の噂は急速に広まり、男子にまで波及していた。実際学も、この試験が始まる前の休み時間にそれを耳にしている。

少し首を傾けて、二つ右、三つ前の席に座っている青いジャージの背中を眺める。教えてくれたのは、彼女だった。羽宮翼。ショートカットのボーイッシュな女の子。ブレザーを嫌って、いつもスカートにジャージというラフな格好をしている。手足がすらっと細くて、色白で、運動神経がよくて、猫みたいに気まぐれで、気ままな少女。あまりクラスの女子とつるんでいるのは見ないから、噂は教えてもらったというより、盗み聴きしたのだろう。三角の耳をピンとそばだてる猫のように。

「あと五分ー」

にわかにシャーペンを動かす音が忙しなくなった。残り五分で焦るようなやつは、どっちにしたってダメだと学は思う。翼はそのダメな方らしく、ジャージの猫背を震わせてなにやら慌ただしく消しゴムを動かしていた。

チャイムが鳴る。

「はい、終了！　後ろから集めてー」

元三組の帰宅部三人組——というと、大概のクラスメイトは「ああ」という顔をする。放課後に校庭の隅で遊んでいる奇妙な取り合わせの三人組のことは、話したことはなくとも目撃していることは多いらしい。

「おまえらホント仲良いよな」

一年次から同じクラスの男子には、よくそう言われる。

おまえら、というのは、自分と、翼と、四組の大地のことを指す。男女男。人数比2：1。男女で混ざってつるんでいるグループは、珍しいといえば珍しいかもしれない。確かに仲はいい。たぶん。そう言うと大地は、嫌な顔をしそうだけれど。

「どっちが羽宮と付き合ってんの？」

野球部の大井（おおい）には、しょっちゅうニヤニヤとそんなことを訊（き）かれる。やっと試験が終わったというのに不愉快な面を見せつけられてはせっかくの気分も台無しだった。

「どっちも付き合ってねえよ。そんなんじゃねえし」

学は不機嫌に答えた。

「またまたー」

無言で坊主頭を叩（たた）くも、ニヤニヤは消えない。

「じゃあまだどっちも狙ってるわけだ？」

「狙ってない」

翼に対して恋愛感情はない。少なくとも、学は。大地は知らないけれど。でも、そもそも、なんとなくだけれど、たとえ好きだったとしても、二人とも手は出さない気がする。翼はそういうんじゃないのだ。

「ふーん。羽宮けっこうかわいいと思うけどなあ」

「へえ。じゃあ大井が気があるみたいだって伝えとくよ」

学がニヤニヤして言うと、大井は少しだけ焦ったように手を振る。

「いや、そんなんじゃねえし」

「またまたー」

学はやり返して、絡んでこようとする大井の手をするりと抜けて教室を抜け出した。

放課後は、二人と落ち合う約束だ。


「そのサイトに空メール送ると、友だちの〝本音〟を教えてくれるんだって」

と、翼が一言一句違わず繰り返した。下駄箱に上履きを放り込んで、代わりにコンバースのスニーカーを引っ張り出す。踵が踏みつぶされたスニーカーは、だいぶ汚れて踵もすり減っている。

「知ってるよ。四組でも噂ンなってる」

答えたのは大地だ。仏頂面で、問題用紙を睨みながら、器用に上履きを脱いでいる。

踵なんて一度も踏んだことのなさそうな上履きだ。

「そんなの、本音なんか知ってどうすんだよ」

黒い髪に眼鏡（めがね）。それだけならマジメちゃんでも通るけれど、飯塚大地（いいづかたいち）は目つきが悪くて、口も悪くて、ついでにノリも悪い秀才だった。春のクラス替えで一人だけ四組になって、それでもどちらかといえばおバカな翼やのんきな学とつるんでいる、ある意味奇妙な少年だ。

「問九マズッたな……綴（つづ）り間違えたかも」

「いいじゃんもう終わったんだし。いつまでうじうじ悩んでんの」

「悪かったな、オレは一点に泣きたくないんだよ」

「知らん、どうせ学年首位のくせに。それより本音メール」

「あ？」

「おもしろそーじゃん。やろーよ、二人とも」

翼は目をキラキラさせてケータイを振る。バカなことに首を突っ込むのはいつも翼の役目だ。学はやれやれ半分、わくわく半分に訊（たず）ねた。

「その、本音メールって、どうやんの？」

「ホントに空メするだけなんだってー。後はサイトから勝手にメールがくんの。イニシャル一文字だけ入ってて、その人からの本音メールですって、けっこう赤裸々な感じで」

「赤裸々なんて言葉よく知ってたな……」

ぼそっと失礼なことを言う大地を無言で蹴り飛ばし、翼は自分のケータイを取り出す。ストラップが一つもついていない、地味な黄緑色の折り畳みケータイは、見るからに翼っぽい感じがする。

「内容は色々あるみたいよ。同じようにイニシャルだけで誰々のことが好きですとか、実はこんな趣味があるとか、どの教師が嫌いとか……もちろんイニシャルも内容も適当に作られてるはずなんだけど、これが意外と当たるんだってさ。それで付き合うことになったカップルとか、意外な共通点知って友だちになったヤンキーとイジメられっ子とか、退職に追い込まれた先生とか、色々噂あるよ」

「さすがに尾ひれだろーよ、それは……」

学は苦笑いして言った。そもそも今年退職された先生はいない。

校庭の縁(へり)に沿うように歩いていくと、古いバスケットゴールが見えてくる。昔、外コートで使われていたものだ。数年前に片割れのゴールリングが壊れた際、両方とも新調されることになり、残った片割れは校庭の片隅に置かれることになった。その下が、帰宅部三人組の放課後の溜(た)まり場(ば)になっているのだった。

「まあでも……イニシャル一文字なら、誰にでもあてはまりそうなこと言っとけばそこそこの確率になるのかもなー」

学はゴール下に転がっていた古いバスケットボールをひょいっと足で蹴り上げ、キャッチした。バスケットボールは、三人ともそこそこ好きだ。だからこの三人の苗字か名前のイニシャル……G、H、I、M、Tのいずれかで、バスケットボールが好きですとメールがくれば、受け取った人からすれば当たってるように感じるのだろう。もっともその場合〝本音〟メールと呼べるのかは微妙だけれど。

「まあ、いくつかの言葉の組み合わせで、定型文が送られてくる感じらしいしね」

翼が言って、ケータイをいじり始める。大地が呆れたようにぼやいた。

「そんなの、むしろ誰にでもあてはまっちまうじゃねーか。性質のワリィサイトだな」

「まあ、お遊びなんだし——翼、そのサイトわかんの？」

学はゴール下に鞄を放り出した。真ん中に翼を挟むようにして三人で座り込み、翼のケータイを覗き込む。なんだかんだ言いつつ、大地も反対側から首を伸ばしている。

ふっと学は、翼の髪から立ち昇る甘いシャンプーの香りに気がついた。普段はあまり意識しないことだ。少しだけ、伸ばした首を引っ込める。

「ちょっと待ってね」翼は、ぽちぽちいくつかのサイトを経由して、件のサイトにアクセスした。

〝ホンネの時計塔〟

そのサイトには、そういう名前がついていた。

「うさんくせえ」

大地が唸った。

「なにが時計塔だ。なんの関係もねえじゃねえか」

「ツッコミ細かいよ大地」

翼がたしなめて画面をスクロールしていく。いかにも個人が作ってますという感じのサイトには、いくつかの注意書き（ただのジョークである旨等）と「空メールを送る！」というボタンがある。全体に黒い配色で、背景写真は申し訳程度にビッグ・ベンと思しき時計塔だった。時計塔からメッセージが送られてくるということだろうか。

「作った人絶対魔法好きだな」

学はそう思う。ハリー・ポッターとか、好きそうだ。

「まあ、そんな感じね」

翼が言いつつ、ぽちっと空メールを送るボタンを押し、アドレス入力のウィンドウを開いた。それから、学と大地を交互に見た。

「さて？」

「やるかよ」

大地が鼻を鳴らした。

学は素直にケータイを取り出した。黒のスライドタイプは、わりと最近の機種だ。

「おい」

大地が怖い顔で睨んでくる。

「ノリわりぃぞ大地」

学はニヤリとしながら検索窓に「ホンネの時計塔」と打ち込み、すぐにサイトを見つけた。空メールを送るボタンを押し、大地をチラリと見やる。

「大地ー？」

「大地くーん」

二人にじーっと睨まれ、居心地が悪くなったらしい大地は「わーったよ！」と喚き(わめき)ながら乱暴にストレートタイプの自分のケータイを取り出した。概ね(おおむね)、いつもの光景だ。

「せーのっ、ぽちっとな！」

三人で同時に空メールを送信した。

それが七月の、よく晴れた、ある夏の日のことだったのを、学はよく覚えている。

＊

最初に本音メールを受け取ったのは翼だった。

「きたきた！」

「なにが？」

「本音メール！」

のんきに訊き返すと、翼がケータイを握った手を振り回す。

からりと晴れた夏空の下、大地とワン・オン・ワンに興じていた学は、今にもシュートしようとしていた手を下ろし、慌てて笑みを浮かべた。ぼちぼちテストが返却され始め、阿鼻叫喚(あびきょうかん)を極めていた翼はそのせいか知らないが鬼のような形相だった。

「ああ……それで、なんて？」

翼はわざとらしく咳払(せきばら)いをしてから、おもむろに口を開く。

「『From:initial(G)――新聞が苦手』……だって」

「……ゴキブリか」

「ぶふっ」

ぼそっとした大地のツッコミが秀逸だったので学は吹いてしまった。確かにゴキブリなら、丸められた新聞紙に並々ならぬ危機感を持っているだろう。

「ちょっと！　茶化さないでよ」

翼が地団駄を踏んでケータイを突きだしてきた。

「G！　学でしょ！　新聞苦手なの？」

どうなのっ？　と言わんばかりの翼の手を、学はやんわり払いのけた。

「読まねえよ、そもそも。大地じゃあるまいし」

大地は雑学にも見識が広いが、それはオジン臭く新聞やら週刊誌やらを読むからだ。

「でも、半分当たってるよね」

「まあ……得意ではないからな。でもそれって本音っつーか、そりゃ本音だけど別に隠してもいねーっつーか」

そもそも、G＝学なのかも不明だ。

「細かいこたぁいいんだよ」

翼はニヤリとして、当たった当たったとはしゃいでいた。

　次に本音メールがきたのは、大地だった。

「あー、そういや昨日なんかきた」

　残り少ない一学期の昼休み、そう言って急にケータイを見せてきたのだ。学は翼と頭をくっつけながら小さなディスプレイを覗き込む。

「なになに……『From:initial(T)――最近Tさんのことが気になる』……？」

　口の中のおにぎりがなんとも言い難い味になった。昼食時でにぎわう教室の中、三人の周囲だけ妙な静寂が満ちる。

「このTって翼？」

　学が沈黙を破った。

「どっちのT？」と翼。

「こっち」

「むしろどっちも翼なんじゃね」

　大地が投げやりにツッコんだ。

「……翼、ナルシストだったの？」

「ちょっとぉ！」

弁当箱の袋で頭を叩かれた。

「なにこれ！　Tって誰！　ってかあたし!?」

「オレが知るか。声でけえ」

大地はもそっとブロッコリーを食むと、さっさとケータイをしまってしまう。

「Tなんていくらでもいんだろ。男とも女とも書かれてねえし……誰だってあてはまっちまう。なんの参考にもなりゃしねえよ」

血液型占い並に不信だ、と大地は言い切った。

「でも気になるじゃん。Tって誰よ」

もだもだする翼を見ていて、学はぽんと手を打つ。

「あ、今翼、Tのことが気になってるし、案外当たってたんじゃね？　TがTのことを気にしてるって……」

「因果が逆だろ」

大地がバッサリ切り捨て、弁当箱を片付け始める。それからふと、

「……つーか、オレもTだけど」

なぜか独り言のように付け加える。

「大地のことなんか気にならないし！」

　翼が喚いた。

「すげえ失礼」

　ゲラゲラ笑っていたら、今度はなぜか大地にまで叩かれる学だった。

　終業式の前日になっても、学のところには本音メールがこなかった。送信のタイミングもランダムだとは聞いているから、たまたまそうなっているだけなのだろうけれど。大地や翼がぽつぽつ受信して、その話で盛り上がっているのを見ると、少し悔しい。なんだか仲間外れみたいで。下駄箱で上履きに履き替えながらケータイを確認するも、メールは受信していなかった。

　妙にふてくされながら教室に入っていくと、腰にジャージを巻きつけた翼がひょいと手を振ってきた。

「なに？　変な顔して」

「いや、なんでも」

　本音メールがこない、と愚痴ろうかと思ったが、あまりにもガキっぽい気がして、学はそれを胸の内にしまい込んだ。

「そう？　あ、今日(きょう)の放課後、ちょっと買い物付き合ってよ。大地も一緒に」

翼が言う。

「なに買うの」

「スニーカー」

翼は両手の人差し指で足元を指差した。今日も履いている。翼はいつもスニーカーだ。

「持ってるのに、もう一足いるのか？」

「これはローカットなの。ハイカットが欲しい」

「ふうん……」

翼の趣味は私服姿を見るとわかるけれど、本当にボーイッシュで、まるで自分をかわいく見せることに興味がないのだ。大井が「けっこうかわいい」と言ったときは肯定も否定もしなかったけれど、学も実はそれを認めていたりする。それこそ、本音のところでは。だから、スニーカーがかわいくないとは言わないけれど、もっとこう……あるんじゃないのかと思ってしまうのだ。

「なあ翼……」

思わず、唇をついて出た。

――おまえ、もう少し女の子らしくした方がいいんじゃないの。

そう言おうとした。

「ん？」

翼が、首を傾げた。

「なに？」

「あ、いや……」

学は口ごもり、結局かぶりを振った。

「……ワリ。なんでもね」

「なんだよう。気になるジャン！」

「なんでもねーってば」

視界の隅に、ちょうど教室に入ってきた大井がニヤニヤしているのが目に入って、学は手近なプリントをグシャグシャと丸めると力任せに投げつけた。


チャイムが鳴るや四組に行って大地の机で弁当を食べ、残りの休み時間はバスケをする。昼休みの日課だ。

校庭に出たところで翼が「放課後買い物付き合ってよ」と言ったら、大地は案の定嫌そうな顔をしていた。

「ヤダ」

「おい、付き合えよ学年首位」

と、翼が学年首位をド突く。今回の試験でも、大地は総合点を含めもろもろの科目でトップを飾っていた。

「いいじゃん、もう試験も終わったんだしさあ。家帰って勉強するわけでもないでしょ？」

大地は仏頂面だ。

「そう言っておまえ、どーせすぐ夏休みの宿題で泣くんだろ。今年(ことし)は見せてやんねえからな」

「去年も言ってたよそれ」

「今年は、絶対、だ。本気だぞ」

「はいはい」

「先生にも注意されてんだからな、あの二人に宿題丸写しさせんなって。去年のも絶対バレてたぞアレ」

「だいじょうぶだいじょーぶ。丸写しはしない。ちゃんと適度に間違えるから。ねえ学？」

「おー」

学は生返事をしながら空気の抜けたボールでシュートを打った。去年も適度に間違えたハズなのだが、そこは触れないでおく。

「おまえらなあ……」

大地が諦め気味、そして呆れ気味にため息をついた。

「……買い物って、どこ行くんだ」

スニーカーを買いにいくという翼に、大地が学と同じ質問を繰り返しているのを聞きながら、学は錆びたバスケットゴールに向かってもう一度シュートを打つ。

昼休みの校庭は、サッカーやドッヂボールをする生徒たちで賑わっている。ほとんどは、男子だ。女子は教室からそんな男子たちをぼーっと眺めていたり、図書室にいたり、あるいは廊下でしゃべっていたりするもので、翼みたいに、野郎に混じってスポーツをやる子というのは珍しい。というか、翼だけといって差し支えない。

ぼんやり校庭を見渡して、ふと、学はもう一人、スカート姿で屋外にいる女子生徒を見つけた。校庭の端、花壇のところでなにやら一人スコップを振るっている。この学校に園芸部はなかったと思うが……。

首を傾げながらもう一本シュートを打とうとしたら、翼にブロックされた。

た。

「一人で遊ぶな！　あたしも混ぜろ」

よくわからない理屈にいちいちツッコむのは諦めて、学はポンと翼にボールを放った。

ワン・オン・ワンのルールは単純だ。オフェンスが勝ったら交代。そのとき、オフェンスはディフェンスに、ディフェンスは控えに、控えはオフェンスに回って、そのローテーションを延々繰り返す。疲れたら、代わってもらったりする。そのあたりは自由だ。

ガゴンッ

「あーっ」

派手に外れたシュートが、明後日(あさって)の方向へ飛んでいく。翼のシュートがゴールリングの付け根に跳ねて、ほぼ直角に吹っ飛んだところだった。

ワン・オン・ワンに入っていたのは翼と大地で、学は休みの番だったが、一番近かったので腰を上げてボールを拾いにいく。

ボールは、花壇のところでこちらに背を向けて一心不乱にスコップを振っていた先ほどの少女のお尻にぶつかって止まった。びくっとしたように振り返った顔を見て、学はぴたりと足を止めた。

　空色。夏色。なんでもいいけれど、青。透明な酸素まで澄んだ青に染まって見えるような、夏の空気。

　けれど、彼女の周囲だけは、灰色に見えた。色がくすんで、沈んで、そこだけ冬みたいに、凍りついて見えた。

　そういう、目をしていた。長い前髪に隠れた、大きな瞳。綺麗な目なのに、霞がかったみたいに見えるのは、たぶん、その前髪のせいだけではなかった。

　学は彼女を知っていた。

「あ……ごめん、岡さん」

　少女は一瞬目を見張って、それから自分のお尻にぶつかって止まった古臭いバスケットボールを恐々拾い上げた。泥だらけの手で汚さないように気を遣ったのか、両の五指の先端で挟むみたいにして、転がして寄越す。

「……ありがと」

　学はぽつりと礼を言った。

　彼女の背中が、小さくうなずいたように見えた。

＊

放課後の掃除当番を食らっていたのは、学だけだった。ゴミ捨てジャンケンに負けたせいで微妙に長引いた掃除を終え、校門のところへ走っていくと、大地と翼が額を汗に光らせながら待っていてくれた。

「中で待っててりゃよかったのに」

七月中旬だ。午後の日差しはさすがに暑い。

「オレもそう言った」

大地が不機嫌そうに言った。翼が空を仰いで笑う。

「たまには日光浴させようと思って」

「大地に？」

「イエッス」

「いつもバスケやってんだろーが。ほら、とっとと行くぞ」

大地が鼻を鳴らして歩き始める。翼がその後ろを追いかけて、学は少し二人から距離をおいてからついていく。

一緒に帰るとき、三人は不思議と横一列には並ばない。縦一列。いつも大地が先頭で、学がしんがり。翼がその間を行ったりきたりして、適当に冗談を飛ばす。妙な話だ。二人で帰るときはどちらとも横並びになるのに、三人だと縦なのだ。まるで、何かに遠慮するみたいに。

駅までの道は、夏の気配に溢(あふ)れていた。梅雨から抜け出した空気はからっとして暑く、じんわり滲(にじ)んだ汗はやがて玉になって肌を転がり落ちる。熱せられたアスファルトには、逃げ水が浮かんでは消える。

「ビバ、サマー」

翼がつぶやいた。

「どこがだよ」と、前方で大地が唸る。

「いいじゃん夏。あたし好きだよ」

「おまえは存在が夏っぽいからな」

「大地は秋っぽいよね。冷たくて」

「冬じゃないんだ？」

と学が訊ねると、翼はうーんと首を傾げる。

「冬ってほどでもない。ほら、大地ってツンデレだから」

「誰がツンデレだ」

翼はその反論を傲然と無視し、

「学は春だよねー。穏やかで、のほほんってしてて」

学は苦笑いする。

「そうか？　俺、先生の間じゃけっこう問題児で通ってるらしいんだけど」

大地が鼻を鳴らすのが聞こえる。

「翼とおまえのせいで最近はオレまでその扱いだよ」

翼は自由で、気ままで、縛られることを嫌う。だから彼女は帰宅部で、なにかと妙なことに首をつっこみがちで、お気楽な学はそれを助長して、結局大地が巻き込まれる。いつものパターーン。本音メールなんかは、その典型かもしれない。

ブブッ
ケータイが震えた。噂をすればなんとやら——ついに自分のところにも本音メールがきたか、と学は勢い込んでケータイを覗き込んだ。

『For the stagnating teenager ——友だちの、本当に、本物の、本音を知りたくないですか？』

……なんだ、こりゃ。

「どしたー、学？」

「ああいや、なんでも……」

イタズラメールだろうか。それとも、本音メールの演出？　初回に受信するように設定されているのだろうか。しかし、それにしたって、本当に本物の本音だって？　そんなの、わかるわけないじゃないか。

学は鼻で笑う。本音メールはあくまでジョークのハズだ。想像の、あるいは創造された本音。テレパスじゃあるまいし、人が人の心を知ることなんてできるはずがない。わかりきっていることだ。

「なんでもね」

学は言ってケータイをシャカッと閉じ、翼がスニーカーの素晴らしさについて語るのに適当に相槌を打った。

＊

自分を、そこそこ、悩みっぽい性質だと学は思う。夜、布団に入って、目を閉じるでもなく薄暗い天井を眺めていると、頭の中でふっと毛糸玉が転がり出すときがある。

それは思考の糸で、転がっていくうちにほどけた糸がどんどんどんどん絡まって、複雑になって、やがて毛糸の玉は全部ほどけて、めちゃくちゃに絡まり合ってしまうのだ。そうなると、もう冴えに冴えた頭では眠ることなんて到底できなくて、起き上ってぼんやり窓の外を眺めたりする。部屋は二階で、家はそこそこ高台にあるので、町並みを見下ろせる。でも大概、見るのは空だ。空を見上げるのは好きだった。わりと、昔から。青色が好きなのだと思う。昼の鮮やかな空色も、夜の深い藍色も。

それでも眠れないときは、もう寝るのを諦める。時間を確かめると、午前零時だった。大地は確実に寝ている。でも、翼なら――。

学は彼女のアドレスを呼び出して、通話ボタンを押しこんだ。

数回の呼び出し音の後で、眠そうな声が出た。

『なに、こんな時間に』

「んー」

学は苦笑いをしながら唸った。用というほどの用は、ないけれど。今日の昼間に、久しぶりに話した少女のことを考えていたら、眠れなくなってしまった、とは言えなかった。

「翼なら、寝てないかな、と思ってさ」

『まあ、大地は寝てるよね、絶対。で、朝は六時起き』

「違いねえ」

電話越しに笑い合う。確かめたことはないけれど、絶対そんな感じだと思う。『しょうがないなあ、ちょっとだけだよ』と言って、いつも三十分くらい深夜の電話に付き合ってくれる翼とは、正反対だ。

『学って、ウサギっぽいよね』

「は？　なんで」

『寂しがりじゃん。夜とか』

「まー、そうなのかな」

『カノジョつくんなよ。で、あたしじゃなくてそっちに電話しろ』

呆れ気味の声。翼に言われると、なんだか心外だ。

「カノジョには、電話しないよ、きっと」

学は言う。『なんで？』と翼が怪訝そうな声を出す。

「いや、たぶんこんな時間にかけれるのは、翼くらいだから」

『だから、なんでよ』

「いつも起きてるから」

『寝てるときだってあるよ！』

不機嫌そうな声が言った。でも、学が知る限り、電話したときに彼女が寝起きだったことは一度もない。

『学はそんなんだから、モテないんだね』

電話の向こうで、ちょっと可笑しそうな声がした。少しムッとする。

「……おまえこそ、どうなんだよ」

『え？』

「翼、好きな人とかいないの？」

『はー？　いないよ、ばかじゃないの』

「ホントに？」

『ホントに。ねー、もう寝るよ。あたし、今日はけっこう眠いんだ』

オヤスミ、と一言あって、ぷつ、と通話が切れた。通話時間はほんの五分ほどだった。珍しい。翼が、三十分以内に向こうから電話を切ってくるのは。さっきまで絡まっていた思考の糸に、さらに別の色の毛糸が混ざり込んでしまったようだった。

――はー？　いないよ、ばかじゃないの。

ウソだ、と思った。なんとなく。

――どっちが羽宮と付き合ってんの？

大井に、そんなことを言われたっけ。

誰かが翼を好き、という可能性は、考えたことがあった。たとえば、大井とか。でも、翼が誰かを好きという可能性は、そういえば考えたことがなかった。なぜって、彼女はまるっきり女子らしさに欠けていたから、そもそも恋なんてものには縁がないのだろうと思っていた。

もし。翼に好きなやつがいたら？

きっと、気になるだろうと思う。翼を好きなわけではないけれど。でも、あいつが恋をしていたら、きっとその相手が誰なのか、どんなやつなのか、気にはなるだろうと思う。もっとも、もし本当に好きな相手がいたとして、翼は絶対教えてくれないだろうけれど。あいつの心の中を、覗けでもしない限り……。

ぴっ、と頭の隅をよぎるものがあった。学は通話を終えたばかりのケータイを操作して、メールボックスを確認した。

――友だちの、本当に、本物の、本音を知りたくないですか？

今日の放課後にきたメールだ。あり得ない、と鼻で嗤(わら)ったメールだ。……それでも、仮にもし、もしも大地や翼の、本当に本物の本音を知ることができるとしたら。普段知らない友人たちの、心の奥底を覗くことができるのだとしたら……？

「……ちょっと興味はあるよな」

ぼそっと、そうつぶやいた瞬間だった。

『ＯＫ』

と、メールが入った。ＯＫ……？　ドメインはホンネ・ドット・コム。それは、翼や大地が受信していた本音メールの、どこにでもありそうなフリーメールのドメインとは違っていた。背筋になにか冷たいものがヒヤリと流れる――

ブブッ
冷や汗が背中を伝いきらないうちに、再びケータイが震えた。

『From:yoruko ――本音メールには、気をつけて』

yoruko……ヨルコ……夜子？

岡、夜子？

＊

四組に、岡夜子（おかよるこ）という女の子がいることは、二学年の間では有名だ。引っ込み思案でおとなしい、無口で無表情——という絵に描いたようなダウナー系なのだが、そんなことは些細な問題である。

　オカヨルコを縮めてオカルコ——彼女は基本的にその名で通っていて、そう呼び始めたのは彼女と同中の元友人らしい。確か、新田深月といったか。元、というのがミソで、必然、現在は友人関係にはない。そのあたりの詳しいことは学もよく知らないのだけれど。ともかく、オカルコはそのイントネーションからもわかるように〝オカルト〟にもかかっていて、それが揶揄を込めた蔑称だということだけは知っていた。確かにオカルコの容姿は、いかにもオカルトが好きそうに見える。

　中学時代のオカルコに、大切な秘密を知られてそれを暴露された——というのが、その新田にまつわる後ろ暗い噂だ。新田が自分の中だけに閉じ込めていたはずの秘密を、オカルコはどうやってか暴き出し……おまけに、それを新田が一番バラされたくない人に、バラしてしまったらしい。それで二人は絶交、以降彼女はクラスでも孤立し、高校でもあらぬ噂が飛び交って、孤立無援を築いているというわけなのだった。

　一年の時、オカルコは三組で、学は同じクラスだった。当時は大地も翼も三組で、何度目かの席替えで四人は同じ班になったことがある。確か、夏休みの前だった。そのときの縁で大地、翼とは今もつるんでいるわけだけれど、オカルコだけは違った。

別にハブったとか、そういうわけではない。単純に、オカルコ自身が人付き合いに消極的だった。彼女は自然と孤立していったのだ。

オカルコは、特別奇妙な女の子というわけではなかった。学の目から見た岡夜子は、本当にただの、人見知りの小柄な女の子だった。まっすぐで短い髪の翼（その頃からジャージ女だった）とは正反対に、クセがあるのかぼさっとした、黒くて長い髪の毛。前髪も長くて、目元に薄く影がかかっていた。それでも、前髪の隙間から覗く大きな瞳は、夏の夜空に輝く星々のようにキラキラとした光を内包していた。

――前髪、切らないの？

そう、訊いてみたことがある。

――……いいの。

――鬱陶しくない？

――……私、目がぎょろってしてるから。

ぎょろっ。

その表現は似つかわしくない。

前髪越しにもわかる、綺麗な目だった。なにかを見透かすような、魔女が透視に使う水晶玉のような……それでいて、底を見通せない深い夜の色合いの瞳だった。

それきりほとんど口もきかなくなったけれど、一年経った今でも、学は彼女のあの目をよく覚えている。

＊

終業式の朝。妙に早く目が覚めて、学はベッドの上でのそりと身を起こす。窓の外で電線に止まった鳥が、一羽でチュンチュン鳴いている。明るくなりかけの空は、奇妙なセンチメンタリズムに満ちている。

枕もとのケータイに手を伸ばして電源ボタンを押すと、昨晩穴が開くほど見つめてそのままにしていたメール画面が開いた。

『From:yoruko――本音メールには、気をつけて』

イニシャルではなく、名前入りの本音メール。そしてyoruko……これはやはり、夜子なのだろうか。

オカルコにまつわる噂は、学も知っている。しかし同時に、学は岡夜子という少女のことも――クラスメイトだったので――わりかしよく知っている。

彼女は、真面目な生徒だった。成績はいいし、ノートも綺麗、宿題は必ずやってくる。頼めば貸してだってくれる。掃除は几帳面に隅々まで埃を取るし、ゴミ捨てだって率先してやってくれる。前の授業の板書が残っていると、誰に言われるでもなく、休み時間中に綺麗にする。それから——彼女が毎朝、早くに学校にきて、花壇に水やりをしていることも、学は知っている。

噂は噂だ。実際に被害者が同学年にいるのだから、根も葉もない、というわけではないのだろうけれど。でも学には、どうしてもオカルコがそんなに悪いやつだとは思えなかった。昨日ボールを拾ってくれたときだって、元からあんな汚いボールなのに、せいいっぱい泥をくっつけないようにして渡してくれた。

「……けどまあ、それとこれとはまた別だよな」

独りごちると同時に、ディスプレイが消灯する。

イニシャルでくるはずの本音メールが、なぜか名前入り。最初の一通、それも、岡夜子からの。それも、本音メールに気をつけろなんていう意味深な。

気にならないハズがなかった。

なにかを相談するのに、翼は向いていない。羽宮翼という少女は絵に描いたような〝感覚で動く〟天然系だ。頭で考えて行動する、というプロセスが基本的にすっぽり抜け落ちているので、悩み相談を持ちかけても「なるようになるやろ」とかそんな一言で済まされ、気がつくと一緒に遊ばされているなんてことがザラにある。それはそれで不安を解消してくれるのだけど、今回はちゃんと話を聞いてほしかったので、学は大地に相談を持ちかけた。

「名前入りの本音メール？」

休み時間に呼び出して、話をすると、大地は怪訝そうに片眉を吊り上げた。片手にはストローの刺さった紙パックの緑茶。購買にいつも置いてあるけれど、いつも売れ残っている不人気商品だ。教員向けらしいが、教員ですら買っているのは見たことがない。

「そう。つい昨日なんだけど」

今さらツッコむようなことでもないので、学はさっさと件のメールを見せる。

——From:yoruko——本音メールには、気をつけて。

「yorukoって、誰？」

そこからか、と学は微妙な表情になった。

「岡さん、でしょ。たぶんだけど」

緑茶を啜っていた大地が得心したように目を細めた。

「ああ、オカルコ……でもなんで？」

「さあ……」

さあ、としか言いようがない。学にもわからないのだから。

「名前が入ってるって、やばくね？」

お茶のマズさにか、それとも話の内容のマズさにか、大地が苦い顔になる。

「やばいな」

本当ならイニシャルでくるはずのメールを、名指しで送られたら、それがたとえウソの本音だとしても、名前を出された当人はたまったものじゃないだろう。そもそもあのサイトは空メールしか要求しなかったので、名前がわかるハズはないのだが。

「なんでそうなったんだよ？」

「それがわかれば苦労しないっての……」

学はため息をつく。

本当に、なにも、特別な操作は加えていない。怪しげなリンクを踏んだり、妙なサイトに登録したり、誰かにケータイを触らせすらした覚えはない。本当に、ただ、ポケットに入れていただけだ——あ、待てよ。

一つだけ、あった。

「そういや、もいっこ変なメールがあったカモ」

「カモ？」

――For the stagnating teenager――友だちの、本当に、本物の、本音を知りたくないですか？

それから、夜に受信した「ＯＫ」のメール。

「……なんか抜けてね？」

大地はストローを咥えたまま、渋い顔でそう言った。

「抜けてる？　なにが？」

「いや、間が。なにに対してＯＫなんだよ、コレ」

学は思い返す。そういえば昨晩、もし本当に本物の本音がわかる本音メールがあるなら……

――ちょっと興味はあるよな。

そう、つぶやいて、そうしたらまるでそれに返事するみたいに、ＯＫとメールがきたのだ。

「ふーん。なんかこう、タイミングがたまたま重なっただけ、とは考えにくいな」

説明すると、大地はそう言ってストローから口を離した。

「だろ?」

もしかして、本当に本物なのだろうか。この、名前入りの本音メールは。興味があるなんてつぶやいてしまったから、誰かがその願いを聞き届けて、送ってきたのだろうか。……まさかな。

「っていうかさ、」

不意に大地の声のトーンが変わった。少し、不機嫌な、いつもの大地の声だ。

「もしそれが本物の本音メールだとして。オカルコの本物の本音を送ってきてるんだとしたら、おまえ、オレよりも先に訊くべき相手がいるだろ」

学はキョトンとする。

「へっ? 誰?」

予鈴のチャイムが鳴る。にわかに廊下がざわついて、人の流れが激しくなる。大地は呆れたように学の顔を見て、二百五十ミリリットルの紙パックをぎゅっと握りつぶしながら言った。

「本人に、訊け」

下駄箱を出て右の方を見ると、放課後の花壇の前に、オカルコの姿を見つける。学校の花壇の管理は本来事務員の仕事だが、彼女はそれを自主的に手伝っているそうだ。もともと中学時代はそういう部活に入っていたらしい。この学校には残念ながら園芸部は存在していない。

どう声をかけたものだろう。一年の夏に少し話して以来、ろくに口をきいたこともない。メールアドレスだって知らない。相手は明らかに人見知りで、引っ込み思案で、人付き合いが苦手だ。一年間同じクラスにいて、彼女が自ら誰かに話しかけるのを学は見たことがなかった。

あまり気負っても、逆に変だよな。

学は無理矢理そう言い聞かせて、翼や大地にそうするように、気軽に挨拶をした。

「よっ、岡さん」

オカルコの小さな頭がぴょんと跳ねた。慌てて振り返った白い顔、相変わらず長い前髪の向こうで、大きな瞳の奥が揺れていた。

「昨日、ボールありがとね」

「え、あ……」

「あ、俺、水島。水島学。一年のときのクラスメイト」

「あっと、その」

少女は歯切れが悪い。学はふっと不安になった。

「あれ、覚えてない？」

「おっ……」

覚えてますっ、とオカルコはそこだけ必死に主張した。それだけで、人付き合いに不器用な性格が透けて見えた。

「そっか、よかった。なに育ててんの？」

「あ、朝顔……」

確かに、支柱にくるくると蔦がまきついている。小学校でよく見たアレだ。

「いいね、夏っぽくて」

夏空には、朝顔が映える。色とりどりの、鮮やかな朝顔の花が――そういうつもりで言ったのだけど、オカルコは困惑した様子のまま、特に会話を広げてはくれなかった。

――本人に訊け。

大地の言葉を思い返して、学はため息をつく。

「……あのさ、岡さん、本音メールって知ってる？」

そう訊ねた瞬間、彼女の顔が奇妙に強張った。

「……知ってる」

「そっか。やってるの？」

「ううん」

そんな感じはする。じゃあなぜ顔が強張ったのだろう。

「あれってさ、けっこう当たるって噂になってるけど、岡さんはどう思う？」

オカルコは、なんでそんなことを聞くのだろう、という顔をした。

「……わからない」

やがて、小さな声でそう答えた。

「私、やってないから」

「やってない、か……じゃあどうして」学は言いながら、ケータイを取り出した。

「こんな本音メールがきたのかな」

画面を見せる。

『From:yoruko ——本音メールには、気をつけて』

オカルコが、前髪の向こうで目を見開いて、苦し紛れにこう言った。

「えっと……人違いじゃないですか」

ブブッ

まるでクイズの誤答ブザーみたいに、学のケータイが震えた。

『From:yoruko ――それは、私です』

ギョッ、とする。まるで彼女の心の中をスキャンしたみたいに。メールにはそう綴られている。あまりにもタイミングが、よすぎる。会話の流れをどこかで聞いているみたいに。会話に自然と相槌を打つみたいに。それこそ――目の前の彼女が、本当に思っていることを、リアルタイムで伝えてきているみたいに。

学は恐々、メールの画面をオカルコに見せた。

「こんなの……きた、けど」

「し、知らない」

ブブッ

『From:yoruko ――私は、本音メールの秘密を知っている』

背筋を悪寒が走る。彼女が口で言っていることと、正反対だ。こっちが本物だと、本音だと、そう言わんばかりに。

「……こんなのも、きたけど」

ぎくり、としたように、オカルコが目を見張った。感情を出すのが苦手そうなくせに、感情を隠すのも苦手らしい。

「このメール、名前が入ってるんだよね。yoruko って」

オカルコはぷい、と目を逸らした。わかりやすい、しゃべりたくないというサインだった。

「なにか岡さんと関係あるのかな……っていうか、絶対あるよね」

学も少し、ムキになる。

「本音メールの秘密ってなに？　そこまで隠さなくたっていいじゃないかと思う。

だんまり。

「……なんで言いたくないの？」

だんまり。

「なあ」

学はため息をつきながら言った。

「意地悪してる？」

「ち、違う」

まさに反射的、という感じだった。自分でもしまった、みたいな顔をしつつオカルコは学の方をチラッと見てすぐにぱっと目を逸らした。

「そうじゃ、ないの」

「そうじゃない、って？」

「そうじゃ、なくて」

学は首を傾げる。オカルコはおどおどと視線を泳がせている。

「……あの、言わなくちゃダメですか？」

三度ブブッ。

『From:yoruko ――あんまりしゃべると、友だちだと思われるから』

今度は見せなかった。代わりに訊いた。

「友だちだと思われると困るの？」

オカルコはチラリと学を見て――メールの内容を察したのか、観念したみたいにぽつりとつぶやいた。

「……本音メールにそう思われると、困るの」

①、ホンネの時計塔は、本当にただのジョークサイトである。
②、でもたまに、どうしてか、そのサイトにメールを送った人の中から、本当に本物の本音メールを送りつけられてしまう者がいる。

オカルコは真顔でそう語り、それから学を指差して、

「今の水島くんみたいに」

と言った。

「これ、マジで本物なの？」

オカルコがコクリ、とうなずく。

「なんで、知ってんの？」

「……私も、本物受信してたから」

「本音メール、やってないって言ってなかった？」

「受信してなかったの。ここ一年くらいずっと」

「受信していなかった？」

よく意味が分からない。そういえばさっきも過去形だった。

「ええとね、本物の本音メールは、友だちの本音を送ってくる。逆に言うと、本音メールの送信者——がいるのかどうかもわかんないんだけど、とにかく友だちって認識されてない人からは送られてこないの。私、高校入ってからはずっと一人だったから」

そこでぐっと、一瞬オカルコが言葉に詰まったように見えた。

「でも昨日、すごく久々に、本音メールがきて……つまり……あの、私は……その、水島くんと友だちってことになってるみたい……なんでかわかんないけど」

自分の寂しい境遇はあっさり言っておいて、水島くんと友だち――の件はずいぶん言いにくそうに言うんだな……オカルコが見せてくれたケータイを、学は複雑な気持ちで覗き込んだ。

『From:gaku ――本物の本音メールがあるなら、興味はある』

――ちょっと興味はあるよな。

――OK。

受信時刻は、ちょうどそのやりとりがあった頃だった。背筋がヒヤリとする。つまり、これを見た彼女の本音が「本音メールには気をつけて」だったということなのか。

「だから、あの……あんまりしゃべりたくなかったの。親密度が上がると、本音メールの頻度も上がっちゃうから……」

それは、本音なのだろうか。ケータイを見るが、メールは受信していない。

「本音メールは、本当に、本物の本音を送ってくるの。本音というか、その人がそのときそのとき思っていることとか、していることとか、してほしいこととか、してほしくないこととか……」

「本当に本物の本音……」

「口に出していないけれど、本当は思っていること、っていうのが一番近いかも。一方通行のテレパシーみたいなもの。だから……」

——だから気をつけて。誰かの本音を知ってしまうことは、ときとして不幸に繋がりかねない。

オカルコは真剣な眼差しでそう言う。彼女が心の中で思い、本音として送られてきたあの警告の意味は、そういうことだったらしい。

「……警告の意味は、わかった」

学はうなずいた。

「でも、だったら受信拒否ればよくない？」

オカルコは首を横に振る。

「アドレス変えても、ケータイ変えても、受信を拒否しても、くる。拒めないの」

「いったいどういう仕組みで……？」

「わからない。誰が送ってるのかも不明だし、そもそもどうやって本音なんか調べてるのか……」

考えても仕方がない、とでも言いたげに、もう一度かぶりを振って、

「でもとにかく、あのメール——For the stagnating teenager のメールをもらった子は、そうなる。タイミングなのか、ただの無作為なのか、あるいはなにか法則性があるのか、わからないけれど……」

もごもごと、またうつむき加減になって言うオカルコの長い前髪を、学はぼんやりと見つめる。

彼女が友だちを作ろうとしないのは、コレ、コレのせい。だとしたら、彼女は本音を知ることが、嫌なのだろうか？　なにか知りたくない本音でも、知ってしまったことがあるのだろうか。もしかしてそれは……新田深月との決別に関係が？

目が合ったオカルコは、なぜだか曖昧に微笑んだ。

初めて見る彼女の笑顔は、とても寂しげで、夏の終わりのように儚げだった。

ケータイが唸る。学はそれを惰性で眺める。

『From:yoruko ——許して』

なにを？

学にはわからない。岡夜子という少女がわからない。

二、取消メモリー

大地や翼と三人でつるむようになったのは、一年の夏頃からだった。ちょうど一年ほど前だ。最初に、大地とつるむようになった。席替えで、翼やオカルコと同じ班になる前。どうやって話すようになったのかはよく覚えていない。ただ、二人とも帰宅部で、放課後はヒマだったから、校庭の隅のバスケゴールでよくワン・オン・ワンをするようになった。学が誘って、大地は嫌そうにしつつ、付き合ってくれた。

翼は、後からそこに入ってきたのだ。猫みたいに、するりと、自然に。

彼女はその当時から〝ジャージ女〟として有名だったから、学も大地も彼女のことは知っていた。ちょうどその頃の席替えで、オカルコとともに同じ班になったこともあって、多少言葉を交わしたこともあった。オカルコもそうだが、翼もまた、微妙に女子からも男子からも浮いている奇妙な少女だった。

ふっとゴールのそばを通りかかった翼は、学と大地が奪い合うボールの行方を興味深そうに追っていた。さながら毛糸玉を追いかける猫のように。

　学が外したシュートをリバウンドで取った大地が、そのボールを翼に投げたのは気まぐれだったのだろう。流れるようなチェストパスを、翼は少し驚いたように受け取った。

「やりたいんなら、代わってくんね？　オレ、もうバテバテなんだわ」

　大地がそう言って、親指で学を指差した。ボールと学を交互に三回ほど見て、なにを言われたのか理解すると、翼はぽてっと地面にボールを落とし、慌てて両手を振った。

「あ、ううん！　あたしバスケなんて全然できないし！」

「オレらだって別に経験者じゃねえよ。ただの遊び。こいつがやりたいって言うから、付き合わされてるだけ。別に上手いとか下手とか、そういうのは求めてないから大丈夫」

　翼が恐々学の方を見た。初めて人間にエサを差し出された猫のような仕草だった。

「ルールは適当でいいよ。審判いるわけでもなし」

　学がニヤリと笑ってそう言うと、ようやく少し警戒を解いてくれたらしい。おっかなびっくりボールを拾い上げ、とことこ歩いてくると、学の前で不器用にドリブルを刻み始めた。バテた大地はそのままグラウンドに仰向けに転がっていた。

「名前、なんだっけ」

学は訊ねた。そのときは、ジャージ女しか出てこなかったのだ。

「翼。羽宮翼」

微妙に強張った顔で、少女は名乗った。

「バスケの経験は？」

「ない。全然ない」

ぼぉんぼぉんと、古びたバスケットボールが鈍い音を立てて少女の手と地面の間を往復する。

「おっけ。じゃあ好きにやってみなよ。とりあえず、ダブドリとトラベリングはわかる？」

「ウン」

「上等。来いっ」

うなずいて、翼がだっと地面を蹴った。

何度か攻守を交代するうちに、翼はどんどん夢中になっていった。もともと運動が好きなのだろう、目を輝かせてボールを追う様は、少女というよりは少年のそれだった。あるいは、猫の。

だからこそ、気が合ったのかもしれない。

それから数日して、またバスケをしているときに、翼はふらっと現れて当たり前のようにワン・オン・ワンに混ざってきた。そうしていつしか、三人でいるのが当たり前になっていった。

＊

オカルコと話した終業式の夜、学はもう一通彼女からの本音メールを受信した。本音メールには、もう完全に友だちとして認識されてしまったらしい。あんなに、ぎこちない会話しか交わしていないのに。あるいはだからこそ、もっと本音で触れ合えと言いたいのか。

内容は短いものだった。

『From:yoruko ――友だち欲しい』

それが本当に本物の本音なら。彼女は本音メールのために、自分の本音を押し殺して生きていることになる。なんだかとても皮肉な話だ。

夏休みが始まって数日。いつも通り翼が「遊べ」とメールを送ってきて、大地が「断る」と言いつつ最終的には乗っかる流れでバスケをすることになった。学校につくと大地と翼はすでに来ていて、花壇のところにはオカルコの姿もあった。

オカルコとのやりとりを二人に話すべきかどうか、学は迷っていた。本物なのかどうかは、未だに半信半疑だけれど。でも少なくとも、オカルコはウソを言っていないと思う。噂のこともあるし、学は彼女のことを、表面的にしか知らない。だから本当はなにを考えているのか、それこそ本音メールが本物の本音を送ってくれでもしない限り、わからない。ただ、直感では、ウソをつくような子ではない気がする。

「学」

翼の声で、学は我に返った。

「おう?」

「交代」

「ああ……」

翼が大地に負けたようだった。学は翼からボールを受け取り、オフェンスに入る。ディフェンスには大地が立っている。

「なんかぼーっとしてんな」

ボールをつき始めると、大地が言った。

「ちょっと考え事」

「おまえが？」

「どういう意味だよ」

学は笑う。笑えている、と思う。

「例のメールは？」

「今は、きてない」

「オカルコとは話したのかよ」

「ウン」

ドリブルで大地のブロックをかわし、シュートを打つ。少し無理な体勢だった。狙いを外れたボールが、けたたましい音を立ててリングの縁にバウンドする。

「あいつさあ……確か、新田深月となんか問題あったらしいじゃん」

大地がリバウンドを取りながら言った。

「らしいね」

「……大丈夫なのかよ？」

学は顔をしかめた。

「なにが？」

「いや、名前入りの本音メールなんて、明らかにおかしいだろ。あのサイト、個人情報一切把握してないはずなんだから。それなのに知ってるって、サイトの管理人にストーカーでもされてんじゃねえの」

「……それって、本物じゃない前提だよな」

学はぽつりと言った。本物なら、本音がわかるくらいだから、本名だってわかるハズだ。わざわざストーカーなんてしなくたって。

大地が訝しげに目を細めた。

「おまえ、本物だって思ってんの？」

「まっさかー」

学は言いながら、精一杯笑みを取り繕っていた。大地に言っているつもりで、自分に言い聞かせているようだった。

あれは本物だ。

本能がそう感じている。それなのに理性が認めようとしないのだ。そんなもの、あり得ない、と。あるわけがない、と。

だって、そんなの、本当にテレパシーじゃないか。あっていいはずがない。プライバシーの侵害もいいところだ。

「なに話してんの？」

翼が口を挟んできたので、学はまた無理矢理笑顔を取り繕った。

「いや、別に」

「そう？　ところでさ……」

翼はケータイを掲げている。なんだか、嫌な予感がした。

「なんか変なメールが、きたんだけど」

果たして。翼が恐々掲げたディスプレイには、どこか見覚えのあるメールが表示されていた。

『From:gaku ——あれは、本物の本音メールだ』

「へー。本物の本音かー。じゃああのメール本当だったんだ」

結局、全部話すことになってしまった。あんなメールがきてしまっては、もう理性的にも認めざるを得ない。口には出さなかったけれど、思っていたことを、ピタリと言い当てられてしまったのだから。

しかし、事情を説明したものの、翼の反応はあっけらかんとしたものだった。翼らしいといえば、翼らしいけれど。

『For the stagnating teenager ——友だちの、本当に、本物の、本音を知りたくないですか?』

翼のフォルダにもそのメールがあった。昨日受信したのだという。あろうことか、彼女はそれに対して「知りたい」と返信してしまったらしい。あとは「OK」の返事がきて、学と同じ顚末のようだった。

「もっと驚けよ。いったいどうやって送ってんのかとか」

「えー、いいよ細かいことは。教えてくれるだけなら、害はないんだし」

スポーツドリンクの青いペットボトルを傾けて、翼はごくごく喉を鳴らした。

コの字型をした校舎の中庭、自販機のあるエリアは、絶妙に日陰になっていて、夏の間は絶好の避暑地になる。学はカルピスソーダと普通のカルピスで迷いながら、翼を詰った。

「ほんと翼は、こういうのに危機感ねえな」

「だって、実際害ないじゃん」

「あるかもって話をしてんの」

「あたしに知られたら困るようなこと隠してるの?」

「べつに、ねえけど……」

ない、と思うけど。今まで大地と翼にそういうことを訊かれたことがなかったので、よくわからない。お茶を買って好々爺然と啜っていた大地の方をチラと見たが、なにも言ってこなかった。学は結局、炭酸にする。

「そういえば学はさ、なんで岡さんの本音メール受信したの？」

翼が真顔で訊いてきた。

「友だちからしか送られてこないんでしょ？　友だちなの？」

「さあ……」

そんなことは、ないと思うけれど。

「でも思えば一年のときから、学はけっこう、岡さんのこと気にしてた気はするんだよね。ほら、あの子ずっと一人だったし。席近かった時期とか、学よく声かけてたよね」

「コイツはお人好しなんだよ」

大地がぼそっとツッコむ。

「まあ、そうだけど。岡さんってさ、とっつきづらいから、話しかける方もすごくエネルギーいるっていうか……あたしだってさ、友だちになれたらよかったなって思うときはあるよ。でもあっちがそういう感じじゃないじゃん」

「まあ、そうね」

学は大いに同感する。翼がうなずく。

「だからそれでもなお気にするっていうのは、なんか特別なエネルギーが必要っていうか……」

なにか肝心の一言を言いだそうとして——結局翼が言葉を呑みこんだのが、学にはわかった。

「なんつーか」

なんとなく、翼が訊こうとしたことはわかる気がして、学は口を開く。

「うん？」

「……なんつーか、寂しいやつだなって、思っちまって」

つい先日見た、彼女の消え入りそうな笑みを、学は忘れられない。

ずっと一人だった、と無表情に言った彼女の顔を、忘れられない。

夏空を背景にオカルコを見ると、そこだけぽっかりと色が抜けて見える。青色が、くすんで、冬の空みたいに灰色に見える。ジージーと鳴く蟬の声も、どこかで鳴る風鈴の音色も、運動部の掛け声や吹奏楽部の音色も。そこだけ夏がすべて死んで、なにも聞こえなくなる。

「たぶんあの子、このメールが原因で絶交したんだと思う」

「……新田深月と?」

「そう。たぶん、知っちゃいけないことを知っちゃって。不可抗力ってやつは、嫌なもんだな」

「受信拒否すればいいんじゃないの?」

「意味ないんだって。誰が送ってるのかも全然わかんないらしいし」

翼はそれでも、あまり危機感を覚えないようだった。大地は少し、考えているふうであったけれど。

今日も空が青い。でもきっと、オカルコの周りは灰色だ。

——友だち欲しい。

それが君の本音なら、そうすべきじゃないのかと思う。

*

自分になにができるだろう。

少し考えて、学はもう一度彼女に会いにいった。

「岡さん」

夏休みも変わらず花壇のところで背中を丸めて土いじりをしていたオカルコは、肉食獣に睨まれた小動物みたいに体を強張らせた。こうしてみると、本当に小柄だ。なにかに怯えているみたいに、縮こまっているせいかもしれないけれど。

「……なに？」

「メールアドレス、交換しよう」

と、学は言った。それが一番、いいような気がした。

オカルコは、戸惑い気味に身を引く。学は慌てて手を振る。

「アドレス交換するだけ、ホントに、それだけ」

ただの、自己満足。でももしかしたら、意味のあることかもしれない。それこそ、本音メールなんかよりもよっぽど。

「メールはしないから。ダメ？」

「……メール、しないのに、アドレスがいるの？」

「岡さんからメールするのは自由だよ」

してこないだろうと、わかってはいるけれど。でも、いつでも誰かと繋がれる、とわかっていることは、大事なんじゃないかと思う。

「その、岡さんの『友だちと思われるのが嫌』ってのは、本音メールがくるようになっちゃうから、ってことだろ？　でもすでに本音メールにはそう思われちゃってるみたいだし、アドレス交換したくらいでめっちゃ頻度が上がるってこともないでしょ。あと、俺の本音、見ちゃってもいいから。なに知られても、怒らないから。だから……」

オカルコは黙っている。

「……それでもダメなら、いいよ。全然」

全然ではないけれど、しょうがない。そこまで拒絶されたら、もうかまうまい、と思う。

ブブー、とどこかでケータイの唸る音がした。自分のじゃない、オカルコのだ。彼女はポケットに手を突っ込んで、遠慮気味に少しだけ開いたケータイをチラッと見た。本音メールだったのかもしれない。学からの。

「……わかった。言うから、打って」

メールになにが書かれていたのかはわからなかったが、オカルコはやがて、ぽつりとそう言った。

学は三秒ほどぽかんとしてから、慌てて自分のケータイを取り出した。一瞬、言っている意味が分からなかったのだ。そしてさらに数秒、彼女が教えてくれると言っているのを、理解できなかった。「打って」の意味を理解するのにも一秒ほどかかった。

「いや、赤外線あるでしょ」思わず怪訝そうに言ってしまった。

「赤外線?」

「そのケータイ、いつの?」

「中学卒業する前くらいに、新しいの買ってもらったの」

「ならさすがについてるでしょ」

「わからない」

「……アドレス交換したことないの?」

「高校入ってからは、一度も。中学のときは、全部手で打ってた」

中学時代からケータイを持っていたのか……という驚きもあったが、一度もアドレス交換していないという事実がそれを上回った。どんだけ、人と関わっていないんだ、この子は。

「俺から送るから、受信して」

「どうやるの?」

「貸して」

シンプルな白いケータイだった。本当に、ただの持ち歩き電話みたいな。もちろん、実際はゲームとかしているのかもしれないけれど、ちょっと想像しづらい。受け取る瞬間、少し彼女の手に触れてドキッとした。思っていたよりもずっと、温かくてやわらかい手のひらだった。

「ここ押すと、受信って出るから。受信しました、ってなるまでじっとしてて」

「じっとしてればいいの？」

そう、と答えかけて、ふと気づいた。自分のはもちろん知っているが、オカルコのケータイの赤外線はどこから出ているのだろう。

「岡さん赤外線の場所わか……らないよね？」

「場所？」

「えーとね、なんか黒いの」

「これは？」

「それたぶんカメラ。あ、でもその横のやつかな」

「これ？」

「ちょっと一回送ってみる。じっとしてて」

「……わかった」

わかった、とうなずいて文字通りカチンコチンに固まる少女の表情は、前髪に隠れてわからなかったけれど、少なくとも怒ってはいない気がした。

そうして、学は岡夜子とアドレスを交換した。初期状態からまったくいじっていないであろう、無機質な文字の羅列。それでも、少しだけ、なにかが前進したような、温かい感じのするアドレスだった。

＊

名前入りの本音メールは、やがて大地も受信するようになった。大地のところにも例のメールがきて、どうやら学と同じ轍を踏んだようだ。一瞬、知ってみたいという欲求が顔を出した。それこそ、心の奥底に潜んだ本音のように。

『From:tsubasa ——アイス食べたい』

最初にそんな本音メールを受信した大地は「知るか！」と激昂していたけれど、結局その後三人で出かけてアイスを食べた。本音メールというより、翼に振り回されているあたりはいつも通りだ。

結局のところ、翼の言うとおりだったのかもしれない。これといった害はなかった。明かされるのは些細な本音で、もちろん今まで知らなかったことが明かされることもあったけれど、それだってたいがいちょっとしたことだ。実はこういう漫画が好きだとか、誰々は嫌いだとか、去年のバレンタインにいくつチョコをもらっただとか……ただ、それしきのことさえ今まで知らなかったのか、と思うようなこともあって、意外とお互いのことをわかっていなかったのかなと気づかされた。話のタネにはしやすかったけれど、複雑な気持ちにもなった。そういえば大地と翼に限っては、相手に踏み込む質問となると、なんだか躊躇してしまうときがある。一番仲がいいはずなのに、不思議なことだ。

ある人物の本音が、同時に二人に送信されることもあった。具体的には、学がある休日に一人でこっそり、新しくオープンしたラーメン屋に行ったのを秘密にしていたのだが、大地と翼はその日中にそれを知っていた。その間、三人は顔を合わせていなかったし、連絡を取ったわけでもなかったのに、だ。二人とも本音メールで知ったらしい。受信した時刻はまったく同じだった。

三人に限らず、クラスメイトの本音もちょこちょこ漏れてきた。こちらもだいたいは些細なことだけど、学はそれを共有するとしても三人の間だけにしようと提案した。オカルコの例もある。それが本人にとって誰にも知られたくないことだったら、言いふらすような真似はしない方がいい。この点に関しては二人もすぐに同意してくれた。

プライバシーの保護……には厳密にはなっていないのだろうが、それくらいのデリカシーはあってしかるべきだ。

そうやって三人は少しずつ、本音メールに慣れていった。

夏はみるみる過ぎていき、八月に入った。

「今度の夏祭り、三人で行こうよ」

連日あれだけ日差しを浴びているのに、まるで焼ける気配のない翼が元気に言った。

「去年はなんかぐだぐだ過ごしちゃったから、今年は計画的に遊ぼう！」

「遊びすぎだろ。おまえら宿題やってんの？」

大地はいつも通りぶすっとしている。こっちは少し、焼けてきた。

「やってるように見えるのかよ」

「……後で泣いても知らないからな」

このセリフは、二度目だ。今年はやけにしつこい。

「わかってる、わかってる」

学は笑って、今日もボーイッシュな翼の服装を一瞥した。

「翼、浴衣とか持ってんの？」

「お、見たい？　翼ちゃんの浴衣姿」

翼がセクシーなポーズを取ろうとしたのか、見返り美人みたいな体勢になったが、ジャージ姿でやられてもまったく魅力がない。

「……興味はあるな」

珍しく大地がニヤリとしてコメントした。

「おまえが女子っぽい格好するとどうなんのか」

「失礼なやつめ」

げしっ、と大地の脛を蹴っ飛ばして、翼は髪の毛をわしゃわしゃっといじる。

「伸びてきたから、そろそろ結べるかも」

髪の後ろをちょこんと結んだ浴衣姿の翼は、想像すると思ったよりもオンナノコしていた。

妹がいる、と言うといつも驚かれる。どういうわけか。

最初に大地にそれを言ったとき、「え、弟の間違いじゃなくて？」と大地にしては珍しいボケツッコミを食らった。弟がいるように見えるらしい。あと、姉。妹が一番あり得なくて、次点で兄貴だと翼には言われた。しかしながら、水島優（みずしまゆう）は、今年中学三年生になる学の妹だ。紛れもなく。

＊

学校帰りには友だちと買い食いしたり、駅前でぷらぷら買い物したり、たまにプリクラを撮ったりする。兄貴のことは基本的に尊敬していなくて、部活はバスケットボールで、髪の毛をちょっと茶色に染めている。どこにでもいそうな女子中学生。ザ・JCという感じの。そういうと、本人にはゲンコツで殴られるのだけど。学と同じく、名前がまるで性格に反映されなかった妹だった。

それはさておき、女子中学生というのは流行に敏感なイメージがある。ふと夕飯後にリビングでケータイをぽちぽちいじっていた優に声をかけたのは、そんな理由からだった。

「なあ優」

だらだらしていた妹が振り返らぬままだるそうな返事を返してくる。

「んー？」

「おまえ、本音メールって知ってる？」

「あー、なに、兄貴の学校でも流行ってんの？」

やはり優も知っていたらしい。どちらかといえば、中学生の方が好きそうだと思ったのだ。ネットにも情報は出ていた。本物の、本音メールの方は、さすがに見当たらなかったけれど。

「んー、流行ってるっていうかまあ、ちょっと小耳にはさんだからさ」

本物を受信してるとは、さすがに言えない。

「ふーん」

優は興味なさそうに相槌を打った。うつぶせのまま、バタバタと足を動かす。

「まあ、ウチらの学校ではもう廃れつつあるかなあ。一昔前はめっちゃ流行ってたらしくて、みんな先輩から教えてもらったんだけど、今はびみょー。なんかイジメとかに使われちゃって、先生から注意が出たらしいし……こっそり登録してるけど、あんまおおっぴらにもできなくて廃れてきたーって感じかな」

イジメに使われる。確かに、なんだかそういうことに使われそうな感じはある。偽物の本音だとしても、いちゃもんつけるのに真偽のほどなんてものはあまり関係がない。

「……あれ、でもおまえんとこ女子校だよな」

学はふと気がついた。女子校だと、当たり前だが女の子しかいないわけで、本音メールの仕様は基本的に共学向けだと思ったのだが。

「あんま関係ないよ。女子のイジメは陰湿だしね」

「誰々のことが好きみたいなメールきたら、どう解釈すんの？」

「女の子同士の恋愛だってあるんだよ」

「マジ？」

「見たことはないけどね」

優は「兄貴も男の彼女作れば？」と、悪戯（いたずら）っぽく付け加える。

「冗談」

学はしばらく優のつむじを見つめていた。

「……もしさ」

優がぴくり、と肩を動かした。

「なに？　今日はやけに絡むね？」

　めんどくさそうな反応は無視して、問う。

「もし。本物の本音メールがあったら、おまえ、どうする？」

「ホンモノォ？」

　片時もケータイから離さなかった優が、とうとうこっちを向いた。

「それで友だちの秘密とか、知っちゃったら。どうする？」

「どうするって……そりゃ、黙ってるでしょ」

　優の意外と友だち思いな答えに、学は目をぱちぱちさせた。

「バラしたり、しない？」

「しないでしょ。友だちなら。なに、なんの質問なのコレ。心理テストも流行ってんの？　兄貴の学校」

　これ以上ツッコんで聞くと変に勘ぐられそうだったので、学は「そう心理テスト」と言って誤魔化した。あなたは大変友だち思いな人間です、とか適当な答えを教えてやったら、優は意外と喜んでいた。

　友だちなら、秘密を知ってしまったとしてもバラしはしない。言われてみれば、そうなのかもしれない。友人とはかくあるべきだ。しかしそうなると、オカルコが仮に本音メールで新田の秘密を知ったとして、じゃあどうして彼女はわざわざそれを誰かに言うようなことをしてしまったのだろう。

彼女は、新田は被害者だと言っていた。なら、新田も本音メールでオカルコが自分の秘密を知ったことを知ってしまった？……いや、違う。それなら新田がオカルコを恨む理由はない。彼女が本音メールを知っていたのであれば、当然その性質を理解していたはずだ。そのメールを受け取ること自体は不可抗力であると。つまり、新田は、本音メールのことは知らなかった。そうでなければ話のつじつまが合わない。

となると、やはりオカルコが本音メールで知った秘密を、自分の口で誰かに言ってしまったことになる。あの噂がどこまで本当なのかはわからないけれど、その当時のオカルコには、少なくとも確かにオカルト染みた力があった。友だちの本音を知ることができる、という。それを暴露するかどうかの判断は彼女自身ができたはずだけれど、どういうわけかオカルコは、それをやってしまったのだ。

悪い子ではない、と今でも思っている。だからこそその結論は、学の頭を悩ませた。

いつもと少し違うそのメールを学と翼が受信したのは、たまたま大地がいない日だった。

＊

宿題のことで大地に叱られたから、ちょっとはやっておくかと地元の図書館で翼と待ち合わせる。学が自転車で先にきて、待っている間に雨天になり、午前中に焼けたアスファルトに降り注いだ雨はすぐに蒸気に変わって町をむっとする熱気で包み込んでいた。天気予報では通り雨だった。傘も一応持ってきたので、帰りも止んでいなかったら歩いて帰るつもりだ。わりと、止む方に賭けているけれど。

翼は数分遅れてきた。彼女が時間を守らないのはいつものことだ。先に中に入って作業を始めていた学は、翼が顔を覗かせると手だけ上げて挨拶した。

「ゴメン」

小声で謝りながら、翼が向かいに座る。髪の毛が濡れていた。よく見ると、傘を持っていない。

「傘は？」

「雨予報なんて聞いてなくて」

髪をかき上げる翼の姿はなんだかいつもより少し艶っぽく見えて、学は微妙に目を逸らしながらなんでもないふうに言った。

「通り雨だって、言ってたけどな」

「学だって自転車で来てんじゃん」

机の上に出しっぱなしの鍵を指差して、翼がむくれる。学は肩をすくめた。

「傘も持ってる。帰り降ってたら歩けばいいし」

「あーはいはい準備がよろしいことで」

翼はむすっとして鞄を開き、今度は「筆箱忘れた……」とぼやいていた。予想していた学は、用意していた予備のシャーペンと消しゴムを無言で突き出した。


二時間ほど頑張ってプリント数枚を消化した。ちょうどよく雨も上がったので、そこで切り上げて外に出る。

晴れ間は覗いていなかったが、雲は遠くへ流れていた。今夜から流星群が見られるという話だったが、案外見えるかもしれない。雨上がりの空にヒグラシの鳴き声が響いている。湿度は変わらず高いままだったが、雨に冷やされた空気は肌に心地よい涼しさだった。

「んんーっ」

　翼が猫みたいに伸びをする。後ろから見ていると、確かにちょっと、髪が伸びたなと思う。いつ切っているのかわからないけれど、翼の髪が肩より長くなるのは見たことがない。でも今は、先っちょくらいは肩についている。

「伸びたな」

　思わず、口にしてしまっていた。

「ああ、髪？」

　翼はぎゅっと後ろ髪を手で縛ってみせ、ニヤリとする。

「結べそうっしょ」

「似合わね」

　学は笑って茶化した。今日もカーゴのショートパンツにTシャツというラフな格好をした翼は、キャップを被るとあんまり女の子には見えない。

「学も失礼だな」

　翼はポケットに手を突っ込んで、ぶすっとする。

「二人とも、もう少しあたしをオンナノコ扱いしたらどうなんだ」

「されたいの？」

学は笑って訊いた。当然、笑って返されると思っていた。

「……されたい、って言ったらどうせ笑うんデショ？」

翼は足元の小石を蹴飛ばして、唇を尖らせる。珍しいリアクションだった。翼はあまり、不機嫌な顔をすることはない。

謝るようなことでもない気がしたけれど、なにか埋め合わせはした方がいいかもしれない——学は、駅まで自転車で送ってやるかと鍵を外し、荷台をぽんぽん叩いた。ママチャリの乗り心地は決してよくないけれど、翼はうなずいて素直にぽんと荷台にまたがった。

図書館から駅まではほとんど下り坂だ。漕ぐ力はほとんど必要ない。それなのに妙に肩が強張るのは、背中にぎゅっとしがみついた翼の感触のせいだろうか。よくよく考えると、馴染みがない。

「そういえば、珍しいかも」

背後で、翼がぽつりと言った。

「なにが？」

「二人乗り」

「そう？」

自分も同じことを思っていたのに、つい意外そうに訊き返してしまった。

「ほら、いつもは学、自転車でもあたしと大地に合わせて歩いてくれるでしょ」

「そうだっけ」

「一回だけ、大地が自転車で学校きたことあるんだよね。なんでだか忘れたけど。そんときだけ、二人乗りしたけど、あたし大地の荷台に乗ったから。学の後ろは初めて」

「……そうだっけ」

学はぼかしたけれど、そのときのことは覚えていた。今思えば、翼はなんの躊躇もなく大地の後ろに乗った。そのことに、なんだか言いようのない感情を覚える。今さらのように。

「……あ、そうだ」

不意に翼がケータイを取り出したので、学はなんとなくそのことを追求し損ねてしまった。

「今回ね、なんかいつもとちょっと違うのがきたんだ」

後ろから、開いたケータイがひょいと突きだされる。必然的に翼の体がぎゅっと押しつけられて、微妙に顔が熱くなる。なんでもないふうにディスプレイを覗き込むと、こんな文章が綴られていた。

『From:taichi ――ピーマンが嫌い』

「あ、それ俺んとこにもきた」

今朝のことだ。内容は、驚くほどのことではない。大地はけっこう、好き嫌いが激しい。しかも似たもの同士でも、好きだったり、嫌いだったりする。たとえば彼はカブトムシが好きだけど、クワガタムシが嫌いだ。理由はよく知らないけれど。

「別にいつもと同じじゃね？」

「ちゃんと最後までスクロールした？」

「スクロール？」

翼が突きだしたままのケータイをぷらぷら振った。よく見ると、確かにスクロールバーが出ていた。いつもの本音メールなら、その短さ故に表示されることはないはずだ。――果たして。

『このメールに返信すると、taichi のホンネを取り消すことができます』

翼がスクロールしてくれたメールの続きには、そう綴られていた。

「なんだこれ……」

学は顔をしかめてつぶやいた。

「ね？　なんかいつもと違うよね」

翼がのんきに言った。

「返信すると大地がピーマン好きになるってことなのかなあ……それってちょっとおもしろくない？」

「いや、そんなことができちまったらホントに……」

いよいよヤバイんじゃないのか。すでに大概ではあるけれど。

「ねえ、やってみよっか」

翼が言った。

ちょうど信号に引っ掛かって止まる。学は後ろを振り返った。翼の表情に含みはない。そこにあるのは、純粋に、まっさらな好奇心だけだ。

「いや、まずいだろ」

「どうして？」

「本当にそんなことできちまったら……プライバシーの侵害どころの話じゃねえ」

なんの法律に違反している、というのでもないけれど。少なくとも、人権は侵害している気がする。なにより、直感的によろしくない気がする。

「でもこれで大地がピーマン嫌いでなくなること自体は、マイナスだとは思わないけど」

翼は、そう言う。悪意はないのだろう。彼女はある意味本質をとらえているのかもしれない。確かに、それ単体で見たとき害意はないように思える。自分が難しく考えすぎなのだろうか……いやいやいやいや。

「とにかく……大地に相談しないでやったら、マズイと思う。今んとこ三人の問題なんだし。あいつがやってもいいって言うなら、やってもいい」

「まあ……そっか。後で怒られるのも嫌だしね」

翼は言って、パタンとケータイを閉じた。信号が青になる。

「あ、虹」

夕暮れ時の空には、確かに薄く七色の橋がかかっている。

『取り消し、ね』

夜になってから、翼に奇妙なメールがきた旨をメールしたら、淡泊なリアクションが返ってきた。相変わらず、絵文字も顔文字も使わない大地のメール。だから、余計淡泊に見えたというのもあったろうが、それにしたって素っ気ない返事だ。大地らしいけれど。

『確かめたのか？』

という疑問文で、メールの最後の一文は結ばれていた。学はぴこぴこ親指でボタンを押しこむ。

『いやだから、それをどうするかって話をだな』

『どうもこうも、やってみなきゃわからんだろ』

『いや、でもさ、本当に変わっちまったらヤバイっていうか』

『そういえば大地ってピーマン嫌いなんだね。いがーい』

翼がややこしいところで首を突っ込んできた。

『やかましい。いいからとりあえず、返信してみろや』

前半は翼に向けて、後半は学に向けてなのだろう。

『え、いいのか？』

思わず同じことを口に出しながら学は返信した。あまりすべきでない気もするが、オカルコに訊くという手もある。彼女ならきっと、返信したらどうなるかを知っている。

しかし、大地の返信は豪気なものだった。

『それでピーマン嫌いでなくなるんなら上等だよ、やってみろや』

なぜかニヤリと笑っている親友の顔が思い浮かんだ。高をくっているのか？

『ほーい。じゃあ送ります』

と翼。学は慌てる。自分の方は全然用意していない。

『待て翼』

『もう送っちゃったー』

早い。マジかよ。

件のメールに対する返信メールを作りかけたところで、学は動きを止めた。ぼんやり窓の外を見つめる。すっかり夜の帳（とばり）が下りている。夕食はさすがに済んでしまっているだろう。それとも、飯塚家ではまだだろうか。もし夕飯にピーマンが出て、急に大地がパクパク食べ出したらそれはそれでマズイような……。

学は手の中のケータイを見下ろした。返信が、こない。

『……大地？』

恐々送る。

『ピーマン食べた？』

と、翼。

『食うか。夕飯済んでるよ』

返信があった。

『大地、ピーマン好き？』

『嫌い』

……あれ。

『なんだよー、変わんないジャン！』

翼が唇を尖らせるのが目に浮かんだ。

『言ったろ、そんな簡単に変わってたまるかっての。正直オレは、未だに半信半疑だからな、この本音メールとやら』

大地がそう送ってきて、その後すぐに宿題やるからとか言って落ちた。

なんだ、結局変わらないのか。

学は安堵(あんど)のため息をついて、自身の返信メールもやけくそのように送りつけた。ベッドに身を放り投げて、目元に腕を乗せる。そうなると、結局のところ自分と翼のところにきたメールはいったいなんだったのだろう……。

三、初恋デリート

　以前、本音メールで、今年の二月に大地がバレンタインのチョコを三つももらっていたという話が露見したことがある。二つは手渡しで、一つは下駄箱に入っていたそうだ。三つとも義理チョコだと大地は言い張っていたし、お返しはちゃんとしたようだけど特に進展もなかったみたいなので、実際そうだったのかもしれない。しかし、あの無愛想で口の悪い大地が女の子から人気があるというのが学には不思議だった。案外、モテるのだろうか。そんなに女子としゃべっている感じではないのだけど。学も三つくらいはもらっていたけれど、なんだか負けた気がして、少しの間だけふてくされていたら翼に笑われてそれはもう心外だった。

　そういえば、翼からはもらわなかった。あんなにいつも一緒にいて、バカ話して、男も女もないような付き合いをしているけれど、ときどき学は彼女の存在を意識する。好きとか、そういうのではないけれど。なんとなく、誰かにとられたら嫌だとは思う。

誰のものにもなってほしくない、というのが一番近いかもしれない。何様だ、という感じだけど。そんなんだから、彼女が誰にもチョコをあげなかったと聞いたときは、なんだか意味もなくほっとしたりもした。そんなことを言ったら、さすがに大地にさえも笑われる気がして、誰にも言えなかったけれど。

*

本音メールの頻度は、対象者との親密度が高いほどに上がっていく。つまり、学であれば一番仲のいい大地や翼の本音メールが一番多く、次点でクラスでもちょくちょくしゃべる大井や、たまに優の本音なんかも（兄妹と友だちの違いを本音メールは認識できないらしい）……それから、オカルコ。

彼女からの本音メールは、ほとんどが本当にささやかなことだった。夏が好き。トマトが好き。紫陽花（あじさい）が好き。朝顔が好き。夏が好きというのは意外だったけれど、考えてみれば彼女は元園芸部だ。緑が一番色鮮やかに映えるその季節を好んでいたとしても、不思議ではない。

学としてはもっと、彼女の秘密に迫るような本音を知りたかったのだが、本音メールが送ってくるオカルコの本音は、そんな些細なものばかりだった。本音メールはタイミングをある程度見計らっているようで、学が喉から手が出るほど欲している本音であっても、時を選ばなければ送ってくれるつもりはないようだった。

本当に、いったい、これはどういうシステムなのだろう。

大地は未だ「ホンモノ」に対して微妙に懐疑的だったし、翼は細かいことには頓着していなかったが、学は気にしていた。この本音メールの大元を辿っていくと、どこに辿り着くのだろう……人の心を読むメール送信者の正体は、果たして人なのだろうか――トカ。

そういうことを言っても大地や翼は話半分にしか聞いてくれなかったから、必然学としては、またオカルコと話したいという気持ちが強くなっていた。彼女にはまだ色々と訊きたいことがある。

*

「うわ、どうしたの兄貴こんな朝早く……」

夏休み中も部活にいく優は、比較的早起きだ。今年は受験生のはずだけれど、堂々とバスケ部のジャージ姿に身を包んでいる。大会で勝ち進んでいるらしくて未だ現役なのだ。部長でエースだと傲然とのたまっているので、まあ、そうなのだろう。ともあれ去年散々寝坊をしていた学を知っている彼女は、兄が自分よりも早く玄関で靴を履いているのを見ると目を真ん丸にしていた。

「ちょっと散歩」

「散歩ぉ？　兄貴が散歩ってガラかよ」

どことなく、翼を思い出す物言いに苦笑する。

「ワリィかよ」

「また飯塚さんと羽宮さん？」

大地と翼が苗字で呼ばれるのはなんだか変な感じがする。二人とは、優も何度か顔を合わせていて、特に翼とはよく気が合っていた。

「いや」

「じゃあ、ぼっち散歩？」

「いや」

「えー、じゃあ……カノジョ？」

一瞬、夏祭りに浴衣姿のオカルコと並んで歩く自分の姿を想像した。……ないか。

「ばーか」

靴紐(くつひも)を結び終えた学は振り向いて、優の白い額にデコピンをかました。

「いたっ」

「無駄話してると遅刻するぞ」

「なんだよー。ケチ兄貴」

おでこを両手で押さえる優に、学はへらっと笑ってドアに手をかけた。

「ぼっち散歩で合ってるよ。じゃあな」

「ふーん。いってらっさい」


珍しく――といっても、そんな何度もきているわけではないが、花壇のところにオカルコの姿はなかった。

花壇の隅っこに、朝顔が咲いている。青い花。赤い花。その中間くらいの花。どれも見事な満開だ。けれど、支柱の刺さっている土は乾いていた。今朝はまだ水をもらっていないらしい。

「ジョウロ、どこだろ……」

水道のところにいけばあるだろうか、と考えたところで、バチャッと水の跳ねる音がした。振り返れば、麦わら帽子を被った制服姿のオカルコが、水でいっぱいのジョウロを重たそうに抱えつつ、眼を真ん丸にしてこっちを見ていた。

「あ、おはよう」

「お、おは、おは」

　よう。

　言いながら派手に水をこぼしていた。人見知りというより、不器用なだけなのかもしれない、などと、ふと思う。相変わらずの長い前髪と、今日は帽子の影も相まって、より一層目元が暗く見えた。

「……今日はなんの用、デスカ……？」

「用ってほどじゃないんだけど……」

　そんなあからさまに迷惑そうにされると、困ってしまう。

「ええと、岡さんはどんなふうに考えてんのかなって思って。本当に本物の本音を送ってくるメールって、いったいどういう仕組みで誰がどんなふうに送ってんのかなってさ」

　他にも新田との過去について訊きたい気持ちは山ほどあったけれど、今は控えた。そんなことを質問すれば、たちどころに逃げられてしまう気がした。

「……それ訊きにわざわざ？」

と、オカルコ。学は、うなずく。うなずくしかない。

彼女はなぜだか呆れたような顔をして、

「メールで訊けばいいのに」

とぼそりとつぶやいた。学にしてみれば、当然雷に打たれたようなショックだった。

「いや、だってほら、メールしないって約束で……」

「直接会いにこられるほうが、困る……」

「そりゃまあ、そう……だろう、な」

そうじゃないかという自覚はあった。

いったいなにしてんだろうな、俺……学は頭をかいて気まずさを誤魔化すように空を見上げる。

「大地も翼もさ、あんま危機感ないんだよ。けっこうヤバイんじゃないかって、俺一人心配性のバカみたいでさ……」

今度は愚痴になってしまった。オカルコはジョウロを傾けて、朝顔に水をかけ始める。

「……水島くんは」

「えっ？」

名前を呼ばれたのは二度目の気がする。学はまじまじと少女の横顔を見つめてしまった。さすがに横からは、長い髪の毛に隠れて表情が見えないけれど、白い耳と頬は夏の日差しに光ってちょっとまぶしい。

「水島くんは、いい人だと思う」

オカルコは、ぼそりとそう言った。

「心配性って言うけど、どちらかというと二人のことを心配しているんでしょう？」

「二人……」

大地と、翼。まあ、そういうことになるのだろうか。

「岡さんだって、いい人だと思うけどな」

「えっ？」

なんだかとても意外そうな顔をされた。そのリアクションの方が意外だ。

「いや、ほら、みんなが嫌がることとけっこう率先してやるっていうか、そういうところあるっしょ？」

「そんなのは、別に、いい人じゃないよ。いい人に、思われたいだけだよ……」

学は首を横に振る。本当にただ、いい人に思われたいだけの人は。きっと、そんなことは言わない。岡夜子は、善人だ。少なくとも、偽善者ではないと思う。

……知りたい。彼女が新田深月と決別した、そのワケを。

「岡さんは、中学のときどんなだったの」

「中学のとき？」

「そう。趣味、とか」

「……読書？」

期待を裏切らない回答だ。おもしろみはないけれど。

「へえ。好きな本とかある？」

「……ピーターパン」

「へえ……」

ピーター・パン。学は有名な映画の方しか知らない。大人にならない国（ネバーランド）に憧れでもあるのだろうか。そういえば、あの作品にも確かビッグ・ベンが登場するのだ。ウェストミンスター宮殿の時計塔。空飛ぶピーター・パンと三人の子供たちは、ロンドンの空からネバーランドに向かって旅立つ……。もし大地と、翼と、一緒にネバーランドに行けるのなら。大人になれなくてもいいかもしれない、とふと思う。

「他には？　そういえば、園芸部だったって聞いてるけど」

「うん。植物は好き」

「園芸部は、一人で？」

「……ウン」

ジョウロから注がれる水の筋が一瞬ブレた気がした。

「一人じゃ、部活にならないもの」

「そりゃそうだ」

学はうなずく。

「じゃあ、部員がいたんだ。その中に……新田さんもいた、トカ？」

少し、切り込んでみる。

「深月は、バスケットボール部だった」

キッパリと言い切り、オカルコは空になったジョウロを持ち上げて水道の方へスタスタと歩き出す。話の途中だろうが容赦ナシだ。

学はため息をつきながらも、今日はその背を追った。毎回こんなふうに別れていると、次話しかけるときのハードルが無駄に高くなる。せめてバイバイくらい言ってさよならしたい。

その言葉を言うまでの、繋ぎを、学はぼんやりと頭の中で探った。

と思う。

考えがまとまらないままに、口に出していた。今朝優に変なことを言われたせいだ
「ねえ、岡さん」

「十日にさ、夏祭り一緒に行かない？」

ぴたっ。

文字通り、時間が止まったかのようだった。オカルコはまるまる三秒は硬直してか
ら、ロボットのようにぎこちなく振り向いた。

「なんで？」

と、口がカクカクカク動く。

「あー、いや、二人きりってわけじゃなくて」

学は慌てて言った。言ってしまった以上は、もう後戻りできなかった。

「大地と翼も一緒。せっかくだから、人数多い方が楽しいかなーって」

「……邪魔、でしょ。私がいると」

「そういうこと言わない」

ちょっとムッとして言うと、オカルコが目を泳がせる。

「でも」

「でも？」

「私、友だちじゃないし……」

大地と翼のことだろうか。それとも、学のことも含めているのだろうか。本音メールには、友だちとして認識されている。だから学は彼女からの本音メールを受信するし、彼女も学からの本音メールを受信した。だが、オカルコの中では……。

そのとき、学のケータイがブブッと震えた。

びくっとするオカルコの前で、学はケータイをスライドさせる。

「……ふふ」

本当に、いったいどういう仕組みなんだろうな。

苦笑いする。いつだって、謀ったように、タイミングがいいのだ、この本音メールってやつは。別段いいやつだとは思わないけれど、今だけは感謝した。

『From:yoruko ――お祭り、行きたい』

ちょっと意地悪かな、と思いつつ、学はディスプレイを掲げてニヤリとした。

「断る理由は、なさそうだね」

オカルコの渋い顔といったらなかった。

*

学校と駅を挟んで反対側、繁華街を外れた川を渡って線路脇の坂道を登っていくと、大きめの神社がひとつある。なんの神様を祭ってるのかなんて知らないが、開運、縁結び、学業成就くらいは書かれていた気がする。神様には失礼な話だが、学はそこまで神社そのものには興味はなかった。結局のところ高校生にとっては、お祭りと、せいぜい初詣と、受験の合格祈願くらいでしか、お世話にならない施設だ。

八月十日。大地と翼とは、午後四時に駅前で待ち合わせだった。学はその十分前に、オカルコとその近くで待ち合わせた。来ないかもしれない、と少しだけ思ったが、オカルコはきちんとやってきた。いつもの、制服姿で。

「来ないかと思った」

と学は冗談めかして笑った。彼女は少しだけうつむいて、

「私もそうしようかと思った」

とだけ小さくつぶやいた。なんだかとても不機嫌そうに見えて、学は慌てて笑みを引っ込める。

「後悔してる?」

「え?」

「いや、その……俺とアドレス交換したこと……トカ?」

「そ……そんっ」

そんなことない。

いつも通りの消え入りそうな声で、少女はつぶやく。本音はどっちだかわからなかった。本音メールが欲しいところだったが、ケータイは震えない。彼女の気持ちは、いつもよくわからない。

駅近くには、同じお祭り目当てなのか、浴衣姿の女性が目立った。中には、浴衣の男の人もいる。学はチラリと隣を歩く小柄な女の子を見やった。少しだけ、期待したりもした。浴衣で来ないかな、とか。せめて私服、とか。なんとなく、制服で来る気はしていたけれど。

「遅せえ……ぞ?」

駅前には大地だけが来ていて、学を見つけると顔をしかめたが、少し後ろをついてくるオカルコに気がつくと目を見張って声をすぼめ、

「おい、」

大地がなにか失礼なことを言う前にと、学は慌てて首にがっと手をかけひそひそ声で囁いた。

「いいよな？　別に岡さん一緒でも」

大地はため息をついた。

「おまえさあ、一言言っとけっていうか……」

「言ったら断ったろ」

「そんなことねえよ。ただ、オレはいいけど、翼が、」

「お待たせー」

と、耳慣れた声がする。

振り向くと、見慣れない女の子がいた。

翼だ。それだけはわかった。それしかわからなかった。淡い藤柄の浴衣と、だいぶ伸びたまっすぐな髪の毛。宣言通りチョコンと左右に結ばれたそれを見ても、学はそれが翼だとなかなか受け入れられなかった。

「……なに？」

いつもの、ちょっとぶっきらぼうで男っぽいその口調を聞いて、ようやく我に返る。

「あ、いや……誰かと思った」

と言ったのは、大地だった。学はなんとなく、口を開くタイミングを失った。

「ふーん。それだけ？」

大地がそっぽを向いて頭をかく。

「似合ってん……じゃねーの」

ツンデレのお手本みたいな態度に、翼はクスリと笑う。あまり見たことのない、淡い女の子らしい笑みだった。

「そっか。で、どうして岡さんが一緒なの？　学が連れてきたの？」

「あ、ああそう」

ようやく学も言葉を取り戻す。

「こないだ学校行ったら偶然会ってさ」

だいぶウソだったので、オカルコからの視線を感じたが、無理矢理押し通す。

「それで、誘った。ほら、ちょうど一年くらい前、俺ら四人同じ班だったろ？」

「そういえば、そうだっけ」

翼はうなずいて、軽く会釈した。

「久しぶり、岡さん」

「お、お久しぶり、です……」

タメに対するそれとは思えない他人行儀な挨拶は、彼女もまた翼の豹変に驚いていたからなのかもしれない。それはそうだ。彼女にとって羽宮翼は、ジャージ女だったはずだから。

「じゃあ、行こう」

翼が元気よく先頭を歩き出し、微妙に顔が強張っている大地がその後に続いた。学も歩き出そうとしたところで、

「……そっか」

不意に、オカルコがぽつりとつぶやいた。

「お祭りって、浴衣でくるものだった……」

自身の制服姿を卑下して言ったのだろうか。学は慌てて、

「あ、いや、俺も急に誘っちゃったし、別にいいと思うよ」

制服でも、とは言えなかった。女の子の気持ちは、わからないけれど。それでも、華々しい翼の浴衣姿を見た後に、オカルコが制服できてよかったなんて、思えるハズはないだろうと思う。

「……なんか、懐かしい」

オカルコが、ぽつりと言った。

「懐かしい？」

「ウウン。なんでもない」

そう言うオカルコの横顔は、なんだか妙に寂しそうに見えた。

最初こそ猫を被ったみたいにおしとやかにしていた翼だったが、境内の出店を冷やかして回る頃には、すっかりいつものボーイッシュな彼女に戻っていた。少なくとも、中身だけは。ベタにリンゴ飴と綿飴とタコ焼きをペロリと平らげて、「あ、次はあれ食べたい」とはしゃいでいる。

「おまえよく食うよな……」

大地が呆れている。翼はもともとよく食べる性質で、たとえば学と大地と一緒に牛丼屋に入ったら、平気で大盛りを頼む。食べ終わってから並盛にしておけばよかったと笑いながら言う翼の顔は、普通に無邪気な少年のそれだ。

でも今日は、少しだけ笑顔の質が違う気がする。

なんでだろう、と学は不可解に思う。翼は大地と並んで少し前を歩いていく。翼が何かを言って、大地が顔をしかめながら言い返している。翼が大地をド突く。いつもの光景のはずなのに、なんだか遠い。

いつもと違う。三人の、距離が。その理由はすぐにわかって、三人ならいつも縦に並ぶはずなのに、今日は大地と翼が並んでいるのだ。学は、その後ろをオカルコと並んで歩いている。自分から誘っておいてこんなことを言ってはいけないけれど、まるで彼女が入ったことによって、三人の中で学があぶれていることが浮き彫りになったみたいに……。

今までなら、絶対にこういう並びになることはなかった。運動神経がよくて、スポーツは大概なんでもできるのに、縛られるのは嫌いで、だから帰宅部で……自由で気ままな翼は、学にとっても――そしておそらくは大地にとっても、女友達というよりは男友達に近い感覚だった。だからこそ、三人の関係はお互い矢印がどっちに向くこともなく、常に対等で、平等で――極端な話、どこまでも友だちだと思っていた。

「……水島くん？」

隣からか細い声がした。学ははっとして頭を振った。

「ゴメン、なに？」

「ウウン。なんか、ぼーっとしてたから」

「うーん……人混みに当てられたかな」

曖昧な笑みを浮かべると、オカルコは不思議そうな顔をして首を傾げる。

「二人に遠慮しているの？」

「え？」

彼女は余計なこと言ったかなみたいな困った顔をして小さい声を出した。

「いや、なんだか、そう見えたから……」

「大地と翼に？」

「ウン」

「遠慮……ってことは、ないけど……」

それでも、そういう形に、なってしまっているのかもしれない。

「あの二人は……その、ええと、いわゆる……アレなんですか？」

いわゆるアレ。

遠まわしな言い方に学は笑った。

「いや、ただの友だちだよ」

それから、ふと真顔になって訊ね返す。

「そう、見える？」

オカルコは前を向いた。翼が射的の屋台を覗き込んでいる。大地が渋い顔で鉄砲を手に取っている。

「おーい、射的やろうよ、学！」

翼がこっちを見て手を振った。

「おう」

答えはしたけれど、なんだか微妙に声が上ずった。どうしてしまったのだろう、今日の自分は。

「……見える」

「え？」

唐突にオカルコが言ったので、学は反射的に訊きかえした。それから、それがなにに対する返事なのか、思い出した。

「そっか……」

恋人同士に見える。

もし本当にそうだったら、三人でいるときの自分の存在って、いったいなんなのだろう。

「……三人って、不思議な数だよね」

びくっとした。オカルコが言ったのだが、なんだか心の中を見透かされたような気がしたのだ。実際は、本音メールを見ているわけでもなかったけれど。

「一人は、気楽。誰にも気兼ねしないし、誰にも迷惑かからない。二人は、対等。すべての感情がお互いにしか向かないから、そこで世界が完結する。でも、三人は」

　オカルコの声のトーンが、心なしか下がる。

「三人は、ちょっとアンバランスだよね。二人だったら完結するはずだった世界に、プラス一人入ってくるから、とても不安定な感じがする。不平等になってしまう」

「不平等？」

　奇妙な表現だと思う。大地と翼は射的を始めている。学とオカルコは立ち止まって、そんな二人を——彼女に言わせれば完結しているその世界を、ぼんやりと眺めている。そうしている自分たちもまた、完結している世界。ということになるのだろうか。完結している間は平等？　よくわからない。

「水島くん、りんごを切るとき、上手に三つに切れる？」

　と、オカルコがたとえ話を出してきた。

「りんご？」

「一人なら、分ける必要はない。二人なら、真ん中で真っ二つ。でも三人は、なかなか上手に切れないと思う」

「ああ……そういう意味」

それなら、わかる気がする。りんごを三つに切るのは、とても難しい。切ることはできても、きっと平等には切り分けられない。大きい破片と、小さい破片が生まれてしまう。それはきっと、不平等だ。

「人間関係もそうだって?」

「おとぎ話なら、三人って綺麗な数なんだけどね。ピーターパンでも、ダーリング家の三人って仲のいい姉弟として描かれるでしょう? でも現実の三人姉弟って、たぶんあんなふうにはなれない。友だちだったら……きっとなおさら」

うつむいたオカルコの表情は、前髪の影になってわからなかった。でも笑っていないのは学にもわかった。

「それってさ」

大地と翼を見つめながら、学は掠(かす)れた声で訊ねる。

「新田さんの話と関係ある?」

オカルコは顔を上げて、苦味の強い笑みを浮かべた。心からの笑みでないのは、一目でわかった。

「……私ね、深月が初めての友だちだったの」

＊＊＊

岡夜子が新田深月と出会ったのは、中学二年のときだった。女子だけしかいない学校。同じクラス。近くの席。条件は整っていたけれど、人見知りの夜子にとってはそれでも声をかけるのは高いハードルだ。そんなとき、向こうから話しかけてきてくれたのが深月だった。笑顔が印象的で、気さくで、人好きのする、自分とは正反対の女の子だったのを覚えている。

深月は色んなことを教えてくれた。

「夜子はさー、もっとオシャレしなきゃ。せっかく目綺麗なんだから、見せた方がいいよ」

「でも……ぎょろってしてるし」

「そう思って隠すからバカにされんの。ぎょろっとなんてしてない。目が大きいって、女の子にとっては羨ましいことなんだよ？　ほら、こうやって前髪分けてさ……」

小学生の頃、夜子はいじめを受けていた。持って生まれた人見知りに加え、星やら、宇宙人やら、ＵＦＯやら、未確認生物やら、ファンタジーやら、植物やら、そういうものに興味があったことも相まって、電波少女みたいな扱いを受けていた。いつもランドセルに植物図鑑を入れていたので、図鑑女なんて呼ばれていた。大きい目を「うちゅーじんの目みたい」などとからかわれて、前髪を長く伸ばすようになった。

いじめっ子のほとんどが男子だったことから、中学は女子校へ進学することに決めた。幸い学力は高い方だったし、近場に女子校もあった。入学できたときはほっとして、これでようやく穏やかに学生生活を送れると思った。

甘かった。

女子だけの世界は、ある意味小学校以上に夜子にとって生きづらい場所だった。年頃の女子中学生の話題に、夜子はまったくついていけなかった。流行りのアーティスト、化粧の仕方、ケータイの機種、スカートの短さ、髪の毛の染め方、彼氏の作り方……。まるで別世界の話だった。てんでついていけず、地味で暗くて前髪の長い夜子は、中学一年という長い一年間をほぼ誰とも口をきかずに過ごした。

クラス替えがなければ、そしてそのクラス替えで深月と同じクラスに入っていなければ、登校拒否になっていたかもしれない。

深月との出会いは、それくらい夜子の世界を変えた。

「……ほら、似合うじゃん」

分けた前髪をピンでとめて、深月が手鏡を見せてくれたとき、えらく久しぶりに、自分の目をちゃんと見た気がしたものだ。

「変わりたいなら、変わろうとしなきゃ。成長を拒んでると、そいつみたいになっちゃうぞ」

そいつ。

そのとき、深月が指差したのがちょうど夜子が読んでいたピーターパンの文庫だった。大人になろうとしない少年。あるいは、大人になることを拒む少年。変わろうとしない夜子のことを、彼女はピーターパンだと言ったのだ。まるで大人になろうとしない子供のようだと。深月はウェンディだった。夜子を孤独というネバーランドから引っ張り出してくれたのだ。

それからは、本当に世界が色を変えたようだった。髪を切って、ちょっとだけスカートを短くして、お化粧の仕方を教えてもらって、一度は髪を染めたこともある。親にはぎょっとされたが、夜子は自分の世界が広がっていくのを感じていた。そのことを、楽しんでもいた。少しずつ、自分に自信がついていくのを感じた。

二年の夏に深月がバスケットボール部に誘ってくれたとき、夜子は首を横に振ってこう言った。

「私ね、園芸部に入りたい」

部員三名の園芸部。たとえ三名でも、二年の夏から入るには多大な勇気が要った。それでも深月が背中を押してくれたので、夜子はそこに入り、自分の好きなことに没頭して残りの中学生活を過ごすことができた。他人との接し方、上手な話しかけ方、仲良くなる方法……全部、深月が教えてくれたものだ。


涼太に会ったのは、三年の春だった。黒木涼太。他校のバスケットボール部の男の子で、深月が小学生の頃からの友だちなのだと紹介してくれた。短い髪の毛がいかにもな、スポーツマンという感じの男の子だった。涼太は夜子に対しても気さくに話しかけ、笑いかけてくれた。小学校時代の経験と、女子校という環境に慣れていた夜子にとっては、もはや異生物のような感覚だった男子という生き物が、少しだけ身近に感じられた。

「涼太はすごいんだよ。スポーツ推薦で高校いくの。すっごい遠いとこだけどね」

深月は常々、自分のことのように誇らしげに語っていた。

「まだ決まってないけどな」

そのたびに涼太はなんだかくすぐったそうに笑っていた。

三人で一緒にいても夜子はほとんどしゃべらなかったけれど、二人の会話を聞いていると不思議と幸せな気持ちになれた。

深月が本音メールというものを見つけてきたのは、そんな三年の夏のことだった。バスケの引退試合があるという直前に、夜子にも教えてくれた。

「なんかね、友だちの本音を送ってくれるんだって。もちろん、作り物なんだけど。でもなんかおもしろそーじゃない？　部でも流行らせてるんだ、夜子もやろうよ」

聞いてみれば、涼太もやっているとのことだった。夜子にはその手のおもしろさはよくわからなかったが、二人がやっているなら、とうなずいて言われた通りに空メールを送った。ケータイは、二年生の夏に買ってもらっていた。

しばらくは、深月の言った通りになった。イニシャル一文字で、誰かの本音が送られてくる。Aさんなら相沢さんかもしれないし、愛子かもしれないし、あっちゃんかもしれない。そういう、特定できないところがおもしろいのだというのは、夜子にも少しずつわかってきた。こんな些細なツールで、涼太と深月と盛り上がれるのは不思議だった。これが今風なのかなと、思うときがあった。

ただ、その頃から少し、涼太はぼんやりとケータイを見つめていることが増えてきた。深月は気づいていないようだったが、そういうことには敏感な夜子はすぐに気がついて、どうしたのかと訊ねた。

「ウウン、なんでもないよ」

と涼太は笑顔を浮かべていたが、少し心配な夜子だった。


夏が明けて秋頃、涼太が予定通りスポーツ推薦をもらった。すごいことだと、夜子は深月と一緒になって祝福した。涼太も喜んでいたけれど、どことなく影があった。なぜだろう、彼の笑みには、夏頃からチラチラと覗いていた陰りが色濃く表れていたのだ。


ちょうどその頃だった。夜子のケータイに、不思議なメールが届いた。

『For the stagnating teenager ――友だちの、本当に、本物の、本音を知りたくないですか?』

本当に、本物の、本音。アドレスのドメインは、ホンネ・ドット・コムとなっていた。それまで受信していた本音メールとなにか関係がありそうだったが、それ以上詳しいことはなにも書かれていなかった。

そのとき、夜子がぼんやり思い浮かべたのは涼太の顔だった。最近どこか晴れない、薄く影を纏っているような彼の顔。どうしたのと訊ねても、なんでもないと取り繕うように笑う彼の顔。

涼太がなにに悩んでいるのか知りたい——そう思って、夜子はそのメールに「知りたいです」と丁寧に返信した。

しばらくして、夜子のケータイには名前入りの本音メールがぽつりぽつりと入るようになった。あのメールに返信した直後だったし、これが本物の本音なのではないかと、夜子はすぐにピンときた。ほとんどが深月からのメールだったので、本人にそれとなく確かめたら、すべて当たっていた。どうやら本当に本物のようだった。

やがて、一つ気になる本音メールを受信した。

『From:ryota ——本音なんか、もう知りたくない』

まるで涼太も、本当に本物の本音を知っているみたいに——。

「涼太の名前が入った本音メールがきたの」

意を決して涼太にそのメールを見せると、彼は真っ青な顔をしていた。

「夜子も？」

「も？」

「おれは夏からずっと、本物を受信してるんだ」

涼太はメールの受信ボックスを見せてくれた。確かに、たくさんの本音メールを受信していた。ほとんどは学校の友だちのものだったらしいが、中には深月や、夜子のものもあるのだと語った。

「ずっと、みんなの頭の中を覗き見ているみたいで嫌だった」

だから顔色が冴えなかったのか、と夜子は納得した。

「二人だけの秘密にしておこう」

涼太がそう言うのに、ただカクカクとうなずいた。


それからは、妙な罪悪感に包まれた日々が続いた。友だちの少ない夜子の受信する本音メールは、ほとんどが深月と涼太のものだった。知らないことを、たくさん知ってしまった。深月が好きな先生、深月が気に入っている後輩、気に食わない後輩、バスケットボールを始めた理由、親との不和、友だちとの喧嘩、こっそりバイトをしていたことや、果てには前日の夕飯のおかずまで。

ときどきは、知って嬉しいこともあった。深月が目指している高校は、今の中学からほど近い、地元の公立校だったのだ。深月と一緒にまた通えるなら——という思いで、夜子も密かにそこを目指すことにした。内緒にしておいて、合格してからびっくりさせてやろうと思ったのだ。そういうサプライズは、なんだかひどく友だちっぽい感じがして。

しかし結局のところ、そのときに夜子は気がつくべきだったのだ。人の本音を届けるメールなんてものが、ただ便利なだけの代物であるハズがないということに。

『From:mizuki —— ryota が好き』

そのメールは、涼太が受信したものだった。二月。もう高校受験も終わって、春が少しずつ芽吹き出す季節のことだった。

「こんな形で知るのって、反則だよな」

涼太はひどくつらそうな顔で、そう言った。最近、二人だけでコソコソ会っていることに、深月は気がついているようで、そのことを考えてもあまり穏やかでないメール内容だった。

深月が涼太を好き。薄々、わかってはいたけれど。知ってしまうと、どうしていいのかわからない。相談されていたならよかったのにと夜子は思う。きっと、自分は恋愛相談なんかできる相手じゃなかったんだろうなとも思う。少し、悲しいことだ。

「受信するとついつい見ちまうけど……ダメだよな、見ちゃ。人間の頭ん中覗いてるのと一緒だよこんなの。ズルだ。最低のズルだ」

涼太は絶対本人には言わないでくれとくぎを刺して、そのまま帰っていった。夜子は彼にかけられる言葉をなにも持たなかった。

そして、その直後のことだ。

深月が、夜子の前に暗い顔をして姿を現したのは。


「どういうことなの？」

深月は、夜子に詰め寄った。町で二人を見かけて、一日つけていたのだという。

最初夜子は、その「どういうことなの？」がどうして自分をのけ者にして二人で会っていたのか、という意味なのかと思った。だが、真っ赤に染まった深月の目を見て、もっとひどいことが起きたのだと悟った。

「なんで……なんで涼太がわたしの気持ち知ってるの？　なんで夜子も知ってるの？　夜子が話したの？」

「ち……ちが」

「ウソ！　誰にも話してないのに！　いったいどうやって知ったの！　そんなにバレ

バレだった？　それとも見たの？　わたしの頭の中でも、覗いたっていうの？　なんかさっきそんなことも話してたよね？」

深月はほとんど錯乱していたのだと思う。よっぽどショックだったのか、あるいは、夜子の裏切りだと思い込み、よほど許せなかったのか。

「違うの深月！　この……このメールが、本音メールが」

「うるさい！」

夜子がつき出したケータイを、深月はものすごい勢いで振り払った。ものすごいスピードで宙を舞ったケータイが建物の壁にぶつかって、派手に音を立てて画面が砕け散った。

「友だちだと思ってたのに！」

鬼のような、形相だった。彼女から発せられる恨みの全エネルギーが、自分に向けられているのだとわかったとき、夜子はなにも言い返せなくなった。文字通り言葉を失った。そのまま去る深月を、引きとめることもできなかった。

卒業式の日がくるまで、夜子は髪を切らなかった。前髪を伸ばして、以前のように目を隠した。誰とも関わらなかった。これは、変わろうとした罰なのだと思った。ネバーランドから出ようとした罰。母親がすぐ「必要でしょ」と代わりのケータイを買ってくれたけれど、夜子はもうほとんどそれを見ることをしなかった。本音メールはほとんどどこなくなっていたし、連絡を取る相手だってもういない。深月は完全に夜子と断絶し、クラスにも夜子にかかわると不幸になるという噂が広められていた。本音メールという、あまりに非科学的な証拠しか持たない夜子には、反論の余地はなかった。唯一頼みの綱だった涼太とは、あれきり会っていない。連絡もつかない。それは、深月も一緒らしかった。アドレスが変わっているらしかった。深月の気持ちを知るのみならず、ずっと彼女の頭の中を覗いていた、という罪悪感に耐えられなかったのかもしれない。

そうして夜子は中学を卒業し、結果的には不幸なことに、深月と同じ高校に通うという苦行を強いられることになった……。

＊　＊　＊

「私も涼太も、ホントのことちゃんと深月に言うべきだったのかもしれない。でもそういうの、なんか上手じゃなくて……涼太も、つらい真実を知らせるくらいなら、甘くてもウソをついちゃうタイプだったから。そんなんだからきっと、本音メールに捕まっちゃったんだよね」

　話し終えたオカルコの顔を、学は見られなかった。

　三人。オカルコではなかったのだ。新田の本音を知ってしまったのは、黒木涼太だった。それをしゃべってしまったのも、黒木。オカルコは巻き込まれてしまっただけに過ぎなかったのだ。けれど、本音メールなんてものを信じてもらえるはずもなく、新田の誤解を解くことができなかった。そうして、三人の関係は崩壊した。

「……なんで、話してくれたの」

　学は隣にいる小柄な少女に訊ねる。まだ、顔を見られない。

「水島くんには、私と同じ目に遭ってほしくなかったから。水島くんたちの三人は、私たちの三人とは違って、すごく仲が良くて、安定している感じもするけど、でも……」

　──でも本音メールは、きっとそんなもの簡単に壊してしまうから。

　そう言ったオカルコの目を、学はようやくまっすぐに見れた。

　日が沈んだ宵闇の空と同じ、かすかに星の光を内包する、夏の夜空のような瞳だった。

下手くそな大地はろくすっぽ当てられず、ほとんど空振りに終わった射的の後で、翼がオカルコを連れてトイレへ行った。ささやかだが花火も上がるので、近くの川原に適当に場所をとって座り込む。

「……オカルコ、どうだった？」

大地が訊いてきた。

学はお祭りの間の彼女の様子を思い出す。とりあえず、自分からなにかしようとはしなかったので、あれやろうこれ食べようと学が声をかけて、それなりに楽しんではいた――のだと、いいのだけど。

駅前で彼女が見せた寂しげな表情が、ちょっとだけ気になっていた。それから、さっきの話も……。結局、彼女がなにを考えているのかは未だによくわからない。

「わかんね」

学は正直に答えた。

「なんで連れてこようと思ったんだよ」

最初の花火が上がる。翼たちはまだ戻ってこない。

「……わかんね」

　少し間をおいてから、学は同じ返事を返す。大地が鼻を鳴らす。二度目の花火が上がって、遠くの方に翼が見えた。こっちを探しているようだ。大地はまだ気づいていない。学は意図的に気づいていないフリをした。

「大地さ」

「ん？」

「ピーターパン読んだことある？」

「そりゃあ、まあ、な」

　さすが読書家だ。児童文学なんて、なんだか似合わないけれど。

「ネバーランドって、どう思う？」

「はあ？　なんだよいきなり」

「や、忌憚のない意見を」

「大人にならないクソガキの国なんざ、社会の迷惑でしかねえな」

「忌憚なさ過ぎ」

　学は乾いた声で笑う。

「……岡さんがさ、自分のことピーターパンみたいだって言ってた」

「へえ？」

「あーいや、正確には、変わろうとしない、成長しようとしない、大人にならないピーターパンみたいだって、そう言われたことあるんだって」

「ふうん」

「……今年入ってからさ、翼が変わらないでいようって言ったことあったろ」

話が見えたらしい。寝転がっていた大地が身を起こして言った。

「オレらもそうだって？」

「………………わかんね」

しばし考えて、三度その返事をする。大地は鼻を鳴らしてまた寝転がる。

「食う？」

なんとなしに、学はさっき屋台で買った食べ残しを勧めた。なにを思って買ったのだったか、そう、確かオカルコが熱っぽく見つめていたので食べる？　と買ったピーマンの肉詰め。なんで屋台でって思わなくもない。油まみれでギトギトの、色あせた緑色のピーマンは恐ろしく食欲をそそらない。

「ああ……」

と大地はろくに見もせずに一つ抓(つま)んで、なんの感慨もなさげに口に放り込んだ。

そこでふと、学はとんでもないことに気づいた。

「あ、やべ、ゴメン大地、それ……」

「ん？」

「……ピーマンだった」

吐くと思った。大地は、ピーマンが嫌いだ。そして嫌いなものは、本当に徹底して嫌いだ。一年ちょっとの付き合いだけど、学はそれをよく知っている。

「ん？」

けれど大地は、キョトンとした顔で、首を傾けただけだった。ごくんと呑みこんでから、そのままの顔でこう言った。

「だから？」

は？　と変な声が出た。

「あ、いたいたー。なんで見つけてくんないのさ！」

翼がやってきて、喚いているのが、やけに遠くから聞こえる。

大地は、ピーマンが嫌いなはずだった。本音メールがそれを言ってきたのだから、間違いない。なのに大地は、お祭りのピーマンの肉詰めを平然と食べている。ピーマンだと気づかなかった？　……いや、わざわざ学が教えたのにもかかわらず、あの反応だ。まるで、もともと、別に嫌いじゃなかったみたいに……。

「ん？　どうしたの？」

翼が首を傾げる。その後ろで、オカルコがキョロキョロと花火を見上げている。

「あ……いや、なんでも」

学は曖昧に笑って、持っていたフードパックをこっそり背中に隠した。まだ——少なくとも今はまだ、翼には知られない方がいいと思った。

花火の音が聞こえる。火薬がはじける、爆発音。

学にはそれが、なにか自分たちの夏が壊れていく音に、聞こえていた。


花火が終わって人気が閑散としてきてから、翼がもう一度神社に行くと言い出した。

「ヤだよ。夜にお参りするのはよくないってよく言うだろ」

大地は嫌そうな顔をする。

「お参りじゃないってば、さっきトイレに忘れ物しちゃったっぽい。付き合ってよ」

「まーたおまえはそういうドジを……」

大地がぼりぼり頭をかく後ろで、オカルコが言いにくそうに口を開いた。

「私は、帰っても大丈夫かな」

もう遅いから、そろそろ、と。

学は声をかけた。

「じゃあ、送ってくよ」

「ウン、一人で大丈夫だから」

「馬鹿言うな、何時だと思ってんだ」

と言ったのは、学ではなかった。大地だ。

「学が嫌なら、オレが送ってく」

翼もオカルコも目を丸くした。大地は頭をかきながら「いや、だって夜の神社とか嫌だし」とぶつぶつ言っている。

「いえ、あの、水島くんが嫌とかじゃなくて、ホントにすぐそこだから……」

「だったらなおさら遠慮されてもな。学、ちょっと送ってくる。おまえ、翼といろ」

「え、いや、なら俺が」

「いいよ。クラスメイトだし、オレが行くよ」

そうだった。普段の態度があんなだからついつい忘れてしまうけれど、コイツは基本紳士なのだ。本物のツンデレなのだ。顔はものすごく不機嫌そうに見えるけれど。

学がどうしたらいいのか迷っているうちに、翼が言った。

「わかった。学、先行ってよう」

なんだか少し、不機嫌そうにスタスタと歩き出してしまったので、学は慌ててその後を追った。

二人で神社の方へ歩いていく。すっかり人気もなくなった境内に、カランカランと翼の下駄の音が響いている。間隔が短い。二人なのに、翼は学の隣を歩かない。少し先を、急ぐみたいに、せかせかと歩いていく。忘れ物のことが心配だからだろうと思うかもしれない。けれど学は、翼がそんな神経質な性質じゃないことを知っている。

「……なんか怒ってね？」

学はぽつりと、その強張った背中に声をかけた。

「え、あたし？」

翼が振り返った。驚いたような、笑おうとしたような、変な顔をしていた。

「怒ってないよ」

学は嘆息した。

「一年間、どんだけべったり一緒だったと思ってんだよ」

それくらい、わかるんだよ。翼は怒っているとき、早歩きになる。後ろを振り向かなくなる。肩が強張る。背中が強張る。なにより、しゃべらなくなる。

「なに怒ってんだよ」

「怒ってない」

「そう？」

それ以上、深く追求はしなかった。すぐ、トイレについていってしまったからだ。

「探してくるから、待ってて」

そう言って、翼は暗い女子トイレの中に消えた。

いつだって、楽しいことをしている間はテンションが高くて、それが終わりに近づくとテンションが下がっていくのは翼の常だけれど。なんだかあんな翼は、初めて見る。大地と二人のときはあんなに楽しそうだったのに。学と二人だと、不機嫌になる。

学はそのことに、なんだか言いようのない寂しさを覚える。

メールとは違うリズムでケータイが鳴った。電話だ。

「はい？」

『あー、オレ。今送ってきたから、これから戻る。十分くらい。忘れ物見つかったか？』

大地だった。本当にオカルコの家はすぐそこだったらしい。

「まだ。今翼が探してる」

『そうか。見つかったら電話くれ。なんだったら駅前で合流しよう』

「ん」

電話を切る。大地はたぶん、駅の近くにいるのだろう。もしすぐに忘れ物が見つかれば、このまま駅まで行って合流したほうが大地の歩く距離が減る。もちろん、大地は歩くのが面倒とか、そんなんじゃなくて、効率的な話をしただけなのだと思うけれど、なんとなく、今それを伝えたら、翼がますます不機嫌になる気がした。

ブブッ
電話を終えてポケットに戻そうとしたケータイが、再度震えた。短めの振動は、メールの受信通知だ。

学はなんの気なしにケータイを見つめ、
そして、息を止めた。

『From:tsubasa ——』

「お待たせー。なかったやー、誰か持ってっちゃったのかなあ」

翼が出てきても、学は画面から目を離せなかった。メールの続きには、こうあった。

『—— taichi が好き』

翼が、大地を、好き。

その可能性を、考えないわけではなかった。特に、今日は。翼は無意識にだろうけれど、学よりも大地に嬉々として絡んでいく。ときどき、置いてけぼり感を味わうことがある。でもそれは、単純に相性の問題だと思っていた。学が、相談ごとを翼にはしないのと一緒で。翼は、大地の方がからかったり、突いたりするのが楽しいと思っているのだろうと。

でも今日は、いつになくその置いてけぼり感が強くて。オカルコが一緒だったことが、無関係ではないだろうけれど。……ああ、だから翼は怒っていたのかもしれない。オカルコが大地を連れていってしまったから。大地の代わりに学だったから。翼はもっと前から、大地と二人になりたかったのだろうか。自分は邪魔だったのだろうか。三人が心地よいと思っていたのは自分だけで、本当は大地も……？

「学？」

学はのろのろ顔を上げた。

「翼……おまえ、大地のこと好き？」

めちゃくちゃドストレートに訊いてしまった。そしてたぶん、今までで一番、翼の内面に踏み込んだ質問だった。

翼は、目をぱちぱちさせて、ひどくぎこちない笑みをその顔に浮かべた。

「なに言ってるの。あんな偏屈めが」

ね。

最後の一言は夜の神社の静寂に吸い込まれるようにして消えた。学はケータイを見せていた。翼の目が限界まで見開かれ、それから耳が真っ赤になるのがわかった。

「そんな……違う」

「本音メールは、ウソをつかない」

翼の顔が、蒼白(そうはく)でありながら真っ赤であるという、奇妙な色に染まる。

「違う、あたし、別に好きとか、そんな」

「岡さんが言ってた。翼と大地、恋人同士みたいだったって」

なにを意地悪をしているんだろう、と学は頭の隅でぼんやり思う。

別に、翼のことを好きなわけじゃない。意地でもなんでもなく、本当に、友だちと
しては好きだけど、異性として好きだと思ったことはなかった。もちろん、意識くら
いはしている。今日だって、ドキっとさせられた。でも別に、好きとか、そんな……。

その言い訳が、目の前の翼とまったく同じだということに気がついて、学は頭をブ
ンブン振った。おかしい。今日の自分は、なんだかとても、おかしい。

「おい」

不意に第三者の声がして、学は翼とともに、びくーっと体を強張らせた。

大地だった。二人が挙動不審になっているのに気がつくと、不可解そうに眉をひそめた。

「見つかったのかよ、忘れ物」

「あ……」

翼の顔は真っ赤になっていた。なにか言おうとして、口が数度パクパクと動いた。陸に上がった魚のようだった。さしもの大地も、不思議そうに首を傾けた。

「どした？　なんかあったのか」

「な……なんでもないっ」

翼が裏返った声をあげた。

「見つかんなかった。もういいの。ほら、早く帰ろう……」

一人で下駄をぱかぱか鳴らしながら早足に駆けだしてしまう。

大地は茫然(ぼうぜん)とその背中を見送ってから、真顔で学の方を振り向いた。

「なんかしたの、おまえ」

「あー……」

ケータイをポケットに突っ込みながら、なんて言えばいいのだろうと考えていた。

今だけは、本音メールなんかなくたって翼の気持ちがわかる。秘密にしておいて欲しい、そう思っている。

――だから気をつけて。誰かの本音を知ってしまうことは、ときとして不幸に繋がりかねない。

今ようやく、オカルコの警告の意味を理解できた気がした。同時に、三人という人数を不平等だとか、不安定だとか言った彼女の気持ちも、わかるような気がした。

「その……浴衣似合わねえなって言ったら、怒られた」

学はヘタクソな愛想笑いを浮かべてそう言った。ひどい口から出まかせだった。大地はあっけにとられたような顔をしてから、呆れたように言った。

「そりゃ……ひどいな」

「……うん」

「後でちゃんと謝れよ」

「……ウン」

「……おまえも大丈夫か？　なんか顔色ワリィけど」

眼鏡越しに、普段は目つきの悪い大地の目が心配そうな色を宿している。

ああ。口は悪いし、偏屈だし、ひねくれものだけど。でもコイツはすげえいいやつで。ノリが悪いと散々言われてるけど、なんだかんだ言いつつ最後には付き合ってくれるやつで。

「……大地」

「ん？」

「今年も宿題見せてくれる？」

「ばーか、絶対見せねえ。何度も言わせんな」

そう言いながらも、たぶん夏休み最終日にはなんだかんだ言って丸写しさせてくれるようなやつで。

だから翼は、大地のことが好きになったのだろうと、学は妙に納得した。

＊

どうやって家まで帰ったのかをよく覚えていない。

なにがそんなにショックだったのだろう。失恋？　違うと思う。いや、ひょっとするとそうなのかもしれない。

──じゃあまだどっちも狙ってるわけだ？

──狙ってない。

いつぞやの大井の言葉に、そんなふうに返した。ウソをついたつもりはなかった。少なくとも、あのときは。だって、学と大地が翼を好きかどうかという話で、翼が学か大地を好きかどうかという話ではなかったから。でもこうして今、翼が大地を好きだという現実を突きつけられると、なんだか心の中がもやもやとする。それは失恋という感情に、よく似ているような気がする。いつもつるんでいたはずの三人の中で、自分だけが仲間外れだったかのような、疎外感。なんだろう。よくわからない気持ちだ。わからないから、どうしていいのかもわからなかった。

変に遠回りでもしたのか、あるいはどこかをほっつき歩いたのか、ともかく家についたのは夜の十一時頃で、家の中はシンと静まり返っていた。真っ暗なリビングに入って、無性に喉が渇いていることに気がつく。

冷蔵庫を開けると、ろくに確認もせずに缶を取り出してプルタブを引き起こした。音で炭酸とわかる。暗いままのリビングのソファにどっと腰掛け、缶を傾ける。どこかで飲んだことのある味だった。小さい頃、親父が美味(うま)そうに飲んでいるのでコッソリ拝借したビールの味にそっくり──

ぶっ、と吹いた。

ケータイの明かりに照らしてみると、本当にビールだった。半分くらい飲んでしまった。

「……マズ」

なにやってんだろうな。ホント。

今さらのように舌に感じる苦味をうがいで洗い流し、残りはラップをかけて冷蔵庫に放り込む。後でなにか言われるだろうが、今はどうでもよかった。

ソファに戻ると、まだケータイのディスプレイが点いていた。さっき開いたメール画面がそのままになっている。

『From:tsubasa —— taichi が好き』

「あいつでも……恋するんだなあ」

変に感慨深くつぶやいて、なんとなしにスクロールをかける——そこで、はっとした。本音メールの下に、さらに続きがあった。

『このメールに返信すると、tsubasa のホンネを取り消すことができます』

「消す……」

大地のときと同じだ。ピーマンのときと。

頭がぼーっとする。疲れたせいか、あるいは、さっき半分ほど飲んだビールの酔いでも回ってしまったのか。

ぼんやりと返信ボタンを押して返信メールを作成する。なにもいじらなくていいのは知っている。ただ、送り返すだけ。そうしたらきっと、翼の本音は取り消される。さっきの、大地みたいに。まるでなにもなかったかのように、大地への恋を忘れるだろう。

そうしたらきっと、なにも変わらずに。今までと同じように。これからも三人で過ごしていける。バスケをして、くだらないことで笑って、大地に宿題を見せてもらう。試験期間は必死こいて勉強して、なのに結局赤点の数で競ったりして、一人涼しい顔で学年首位の大地を二人でからかう。帰り道は今までと同じように、三人で縦に並んで、大地が先頭、翼が真ん中で、しんがりは学だ。そうやって、やっぱりくだらない冗談を飛ばし合って、笑い合って、なんでもない日々を過ごしていく。

ああ、そうだ。

学は自分がなにを恐れていたのかわかった気がした。翼が大地を好きだからショックだったのではない。いや、それももちろんショックで、きっと少なからず嫉妬もあって、でもたぶん本質は、その事実が三人の関係を壊してしまうから、だから嫌だったのだ。変わりたくなかったのだ。

だって。変わらない夏を、過ごせると思っていたのだ。去年と同じ、三人でバカをやれる変わらない夏を。高校二年の夏。来年には受験があって、きっと時間もなくて
——ああいや、だから、なのかもしれない。来年も変わりたくないと、心のどこかでそう思っていて、その気持ちが強く出てきてしまったから、少しずつズレていってしまったのかもしれない。

変わらないものなんてないのだ。三人という人数は不安定で、いつでも変化してしまうというオカルコの言葉を思い出す。今までが、異常だったのだ、きっと。変わらないままでなんて、いられるはずがなかった。

——ずっと三人でさ、変わらないでいようね。

いつか翼が言った。

——変わりたくない。

そう思っている自分がいる。ガキだな、と自嘲する。変わらないものなんて、あるはずがないのに。時間は不可逆的で、自分たちは時の川面(かわも)に浮かんだ三枚の木の葉みたいなもので、今は並んで流れているけれど、いつか別れたり、色あせたり、端っこが千切れたりして、それぞれ形も色も流れる場所も変わっていく。それが大人になる

ということなら、自分は大人になんてなりたくないとさえ思う。それが一番ガキっぽくて、自分で自分が嫌になって、結局そういうところがダメなんだよなと頭を軽く叩くとじんじんとした痛みが自分を現実に連れ帰る。

リビングの窓を開けた。むせ返るような、夏のにおい。十七回目の夏。翼は夏が好きだと言った。学も好きだ。でも今年は、嫌いになりそうだった。なんだか無性に、気持ちが落ち着かなかった。

——このメールに返信すると、tsubasa のホンネを取り消すことができます。

少なくともこのメールを送れば、大きくは変わらずにいられる。何かは変わってしまうだろうけれど。それでも、なかったことにはできる。

それはとても魅力的なことに思えた。

親指が、決定ボタンに触れる——。

＊　＊　＊

羽宮翼が自宅の和室でゴロゴロしていると、ケータイがブーブーと不満を言うみたいに唸った。

「うるさいなあ……」

バイブレーションが止まっても、チカチカ光るLEDさえ鬱陶しくて、ゴロリと転がって反対側を向く。

畳から立ち昇る井草の香りが、縁側で鳴る風鈴の音が、窓の外をもくもくと流れていく入道雲が、誘うみたいに夏の気配をまき散らしている。扇風機は追い風を立てている。——わかっている。翼だって、外へ飛び出して陽(ひ)の光をいっぱいに浴びたいのだ。普段なら、休みの日にゴロゴロするなんて、考えられない。体中に満ち満ちる青春のエネルギーを持て余すくらいなら、とりあえず外へ出て、途中で誰かさんたちに連絡を入れて、学校の校庭で落ち合って、ヘトヘトになるまでバスケをしている。

それなのに今は、その気が起こらない。フラストレーションはたまっている。消費されずに行き場を失くしたエネルギーは体のあちこちで燻(くすぶ)って、目には見えない煙を毛穴という毛穴から噴きだしている。なのに、体を起こそうという気が起きない。

頭を使っているからだ。たぶん。きっと。おそらく。

「翼ー？　いるなら買い物行ってくれなーい？」

母親の声がした。なにやら餃子(ギョーザ)の材料らしきリストを口頭で並べ立てている。餃子は好きだ。でも今日は、そんな気分じゃない。

「んー……」

生返事をしているうちに、諦めた母が出かけていく気配がした。家の中はしんと静まり返る。居間でテレビを見ているらしい父の気配が微かに感じられる。

「はあ……」

もう一度寝返りを打つと、チカチカ光るケータイのランプが再び目に入った。

——大地かな。

そう考えると、胸がきゅっと締め付けられたような変な気持ちになる。

夏祭りの後から、ずっと変だった。心臓のあたりが、なにかに絡みつかれたみたいに。脈動のリズムがくるってしまったみたいに。送り出す血液の温度が、普段よりも上昇してしまったみたいに。

——翼……おまえ、大地のこと好き？

あのときの学の問いが頭をチラつくと、羞恥が頂点に達して、翼は意味もなく畳の上をゴロゴロ転がった。

考えたこともなかった。自分が、誰かを好きなんて。

小さい頃から、男勝りだった。男子より足が速くて、男子より喧嘩が強くて、男子よりカッコイイものが好きで。スカートが嫌いで、可愛いモノに興味がなくて、好きな色は青とか、緑とか、黒とかで。ミミズだって、カブトムシだって、平気で触れた。ランドセルは黒がいいと駄々をこねた。休み時間は男子に混ざってサッカーボールを追いかけていた。

もっとも、小学生の頃はまだそれでもよかった。

中学に入ると、体が成長していく男の子たちに追いつけなくなって、かといって女の子の輪にも今さら混ざれなくて。自分が変わっているのだ、と気づいたのはその頃だ。なんとなく陸上部に入ったけれど、先輩後輩の上下関係とか、妙に高圧的な顧問の存在もあって長続きしなかった。縛られるのは嫌いだった。クラスにも、部活にも居場所がなくなって、放課後はプラプラと寄り道をしながら家に帰る、文字通りの帰宅部になっていた。そういう日々を過ごす中で、恋なんてものには縁があるはずもなく、翼は学校生活に馴染めないまま高校生になった。

大地と学は、初めての友だちだったのだ。そういう、周囲に馴染めない自分を、ありのままに受け入れてくれた、初めての。

高校一年の夏に出会った彼らは、ジャージ姿の自分を笑うこともなく、バカにすることもなく。誘えばだいたいのバカには付き合ってくれたし、後で一緒に怒られてもくれた。不思議なくらい、気が合った。こんな言葉を使うのはちょっと恥ずかしいけれど、大親友。たぶん、そんな感じ。

自分のことをガキだ、とは思う。自覚している。いつまでもそんなバカをやってないで、ちゃんとオンナノコにならなきゃいけない気もしている。体は大人になっていく。あるいは、オンナになっていく。少しずつ、それでも確実に。子供のままの自分ではいられない。それでも心が——あるいは、精神が、ずっと子供のまま、あの頃のまま、成長しようとしない。だからいつまで経っても、大地と学しか、気の合う友だちがいない。

「……わかってるよ」

唇を尖らせて独りごちる。階下で父親の歓声が聞こえた。野球でも見ているのだろうか。贔屓のチームがホームランでも打ったらしい。

ケータイを引き寄せると、画面を開いた。異様に多いメール件数は、ほとんどが本音メールだ。言いだしっぺの分際でこんなことを言うのはアレだけれど、こんなことになるなんて思っていなかった。最初はちょっとおもしろいかもなんて思ったけれど、まさかこんな形で、自分の恋心を突き付けられることになるなんて。思っても、みなかった。あれ以降、本音メールはほとんど見ていない。見るのが怖い。

あたしが、大地を、好き。

未だによくわからない。そういう感情は、よくわからない。最近心臓のあたりでわだかまっている感情の雲の、どれを恋と呼ぶのだろう。今にも雨と雷を解き放とうとする積乱雲が、左胸の中にもくもくと膨らんでいるのを感じる。そのうち胸をいっぱいに膨らませて、いつか破裂させてしまうんじゃないかと思う。

なんで、大地なんだろう。学じゃなくて。確かに気は合うけれど。でも同じくらい、学のことだって、気が合うと思っている……。

最新のメールが、大地からのメールであることに気がついて、また心臓がきゅっと縮んだ。

『おまえらヒマだろ。バスケしよう』

顔文字も絵文字もない淡泊な誘いだった。オンリー自分宛てじゃないことを、なんだか残念にも思うし、ほっとしてもいる。

のろのろ学校へ行くと、花壇のところにオカルコと学の姿があった。そういえば夏祭りの日、彼女も一緒に来てたんだっけ——今さらのように思い出しつつ、二人の世界に入っていきづらくて、翼は花壇を避け、大回りしてバスケットゴールのところへ向かう。

学はオカルコが好きなのだろうか。最近なんだか仲良さげな感じだけれど。三人の中で、誰かにカレシ・カノジョができたらどうなるんだろうなんて、考えたことがなかった。そういう感じじゃないと思っていた。ましてや、三人の中で恋愛ごとが発生するなんて。しかもその当事者が自分だなんて。

「翼」

学がやってきて、微妙に気まずそうに声をかけてきた。

「おはよ」

「……オス」

オス、なんて女の子らしくない挨拶。今さらのように意識する。自分は、クラスの女の子とはまるで違う。クラスの子たちは、みんなちゃんとオンナノコだ。でも自分は違う。オカルコも違う。なんだか駄菓子のおまけみたいに〝女の子〟っていう属性がついているだけだ。

夏祭りの日。少しだけ、二人を驚かしてやろうと思ったのだ。その一週間くらい前に大地からの本音メールがきて、翼って女の子っぽくないよなみたいなことを書かれていた。その後、学と図書館に行った日にも、女の子扱いしろみたいなことを言ったら、女の子扱いされたいの？　と、逆に不思議な顔をされた。

だから、見返してやろうと思って。オンナノコっぽくして。いつもと違う髪型にして。綺麗な浴衣を着て。滅多にしない化粧もして。ぽかんとしていた大地と学の反応はおもしろかった。それで満足してしまって、別にそれ以上どうしようとも思わなかったけれど。でももしかしてそれが、走りだったのかもしれない。恋の。女子としての自覚の。あるいは、精神的な思春期の。

学は、大地は自分をどんなふうに思っているのだろう。今さらのように、そんなことが気になり出す。

「大地は？」

その名前を聞くだけで、心臓が跳ね上がる。病気だ。恋の、病だ。

「わかんない。まだじゃない？」

「そっか。珍しいな、あいつが遅刻って」

「うん」

会話が、続かない。なんでだろう。いつもは全然、普通に、しゃべれるのに。息をするように言葉が出てくるのに。へらへら笑って、冗談を飛ばし合えるのに。今日はダメだ。ダメ。全然、ダメ。

なんとなく惰性で伸ばしている髪の毛をいじっているうち、大地が五分ほど遅れて姿を現した。花壇のところで、オカルコと少しだけなにか話しているようだった。なんだかまたモヤっとする。夏祭りの日に、大地がオカルコを送っていくと言ったときも、変にモヤっとしたのだ。あのとき、学に怒ってるだろと言われて。図星だったけれど、自分でもその理由がわからなくて、うやむやにしてしまって。あれは、嫉妬だったのだろうか。こんなにも、醜い感情だなんて、知らなかった。

「悪い。遅れた」

大地がやってくると、学がニヤリとしていた。

「珍しく言いだしっぺで、珍しく遅刻とはね。雨降りそう」

「うるせえ」

ばし、と頭を叩かれている。空は快晴だ。

「いつもバカ言い出すおまえらが静かだと、逆に調子狂うわ」

「ツンデレ王子だなあ、大地は」

「殴るぞ」

とか言いながらすでに殴っている。痛そう。

「なんだ、静かだな、翼」

不意に話を振られて、翼は慌てた。

「あぅ、おうっ？」

ひどくぎこちない笑みを浮かべているのが、自分でもわかる。

「お、おはよう」

いつもならオス、の一言で済ませるはずの挨拶が、その日はなぜだか「おはよう」になった。

三人の戦績……と言えるほどはっきり統計を取っているわけではないけれど、だいたいの強さにはランクがあって、妹がバスケ部の学は（そのおかげかは知らないけれど）頭一つ抜けている。翼と大地はトントンで、運動神経のいい翼は自分が若干上だと自負しているけれど、大差はない。基本いい勝負になる。

けれどその日の翼は、自分でもわかりやすいなあと思ってしまうくらいポコポコ負けていた。大地を意識し過ぎてしまって、ボールに意識がいかないのだ。学が相手のときでも、コートの外の大地が気になって、うまくボールを操れなかった。カッコワルイところ見せたくない、なんて変なプライドが邪魔をしている。

終いには大地も不審に思ったのか、眉をひそめてコートの外をビッと指差した。

「おまえ、調子悪いんなら休んでろよ」

大地にコートから追い出されるなんて！　大いに腐った翼はその後ずっと頭からタオルをかぶって地面に体育座りし、意地でも参加しないことにした。結果的に学と大地が延々とワン・オン・ワンをやる羽目になっていた。

バスケに汗を流す二人を見ていると、あの夏を思い出す。

ちょうど一年前。大地と学が二人でワン・オン・ワンをやっているのを、翼は通りすがりにつと足を止めて眺めていたのだ。傍目にも、まるでタイプの違う二人だった。大地はぱっと見眼鏡の秀才君子風。学は少しチャラけた、でもきっと憎めないのであろうお調子者タイプ。

――やりたいんなら、代わってくんね？　オレ、もうバテバテなんだわ。

そういって眼鏡の方が放ってきたボールを、翼はとっさに受け取った。

ああ。そういえばあのときも、胸がドキっとしたのだっけ。

眼鏡の向こうの、思ったよりも切れ長の、目つきの悪いまなざし。汗をかいた白い肌。緩んだネクタイと、雑にまくり上げられたワイシャツ。への字に曲がった口。そのくせ微妙に笑っている、ひねくれた口元――。

「おい！　どこ行くんだよ！」

不意に大地の大声がしたので顔を上げると、学が花壇の方に向かって走っていくところだった。どうやら使い物にならない翼の代わりにオカルコを誘ってみることにしたらしい。

＊

「ちゃんと誘ったのか？」

「うん」

「なんで一人で戻ってきたんだよ」

「やりたくないって、言うから……」

体育座りした膝の間に顔を埋めていた翼は、二人の会話を聞きながらケータイを見ていた。

『From:yoruko ――バスケしたい』

翼は顔を上げて、花壇の方を見る。丸まったオカルコの背中は、背後を通り過ぎるなにもかもを拒絶しているように見える。

やりたいなら、素直にそう言えばいいのに――そう考えてから、自分だってちっとも素直じゃないことに気がついて、目が合ったわけでもないのに視線を逸らす。

オカルコも、なにか複雑な感情を抱えているのだろうか。今の、あたしみたいに。

学校に来てから一時間と少し。ちょうどお昼時の太陽は天頂高く座し、タオル越しにも翼の首筋にじりじりと照りつけている。動いていなくたって汗をかく季節だ。夏は好きだけど、好きじゃない。暑いのは嫌いだ。夏休みと、海と、空と、アイスクリームは好き。宿題と蝉と、それから夏祭りは、大っ嫌い……に、なった。大人げなく。

「しょーがない、休憩しよう。飲み物買ってくるよ――翼、なんか飲む？」

学の声に、翼はのろのろと顔を上げた。

「……ん」

乾いた声が出た。ほとんどなにもしていないのに、喉がカラカラだった。

「なにがいい？」

「……水」

学はため息をついて「適当に買ってくるよ」と言い残して歩き出した。大地が「コーラ」と言っているのが聞こえる。

学は気を遣ってくれているのだろう。でもどうせ気を遣ってくれるなら、あのとき、メールを見せないでほしかった――そんなふうに思ってしまうのは、子供の駄々みたいな気もするけれど。

　これがもし。本当に恋なら、きっと初恋だ。できるなら、自分のペースで進めたかった。少なくとも、恋だと、自分で気づくべきだった。学のせいにするつもりはないけれど。急激に加速した感情の渦にのまれて、息ができないのは、少し苦しい。

　見上げた空は、人の気持ちなんて微塵も察さず快晴だった。雨でも降らせ、と思う。そんな爽やかな青色をしていないで。曇って、灰色に濁って、あたしが泣いてもわからないように、土砂降りの雨を降らせと思う。今日の世界は熱を持ちすぎている。冷まして、冷やして、いろんなことが冷静に見られるように、雨を降らせてくれればいいのにと思う。


　学が戻ってくる。大地にコーラを放って、「バカ、炭酸だろ」と怒鳴られている。怒鳴りつつ大地は器用にキャッチして、蓋をひねり、案の定噴水させていた。

「ん」

　学がペットボトルを突きだしてくる気配。顔を上げるのもだるくて、受け取らずにいたら、ほっぺたに押しつけられた。ひんやりとした感触。火照った頬が、急激に冷めて引きつる。

「脱水症状なるぞ」

「……ん。さんきゅ」

頭の上にかぶっていたタオルを取ると、翼はペットボトルの蓋をひねって一口だけ飲んだ、

「コーラじゃん！」

悲鳴をあげた。大地とは違う悲鳴だった。

「あれ、炭酸ダメだっけ。こないだラムネ飲んでなかった？」

「飲んでない！」

飲んでない。断じて。しかも炭酸飲料って脱水症状にはあまり効かない気がする。

「えー、そうだっけ」

学はすっとぼけている。わざとっぽい。

「いいよ、飲む」

なんだかヤケになった。苦手だろうがなんだろうが飲んでやる。せめて少しガスを抜こうと、蓋をしてコーラを猛然と縦に振る。

「――こないだ、ゴメンな」

急に学が謝ってきたので、翼はシェイクする手を止めた。

「え？」

「いや……あのメール、見せるべきじゃなかった」

今さらなにを、と言いたくなるのをぐっとこらえる。学だって悪気があったわけじゃないのだ。

「ウン」

生返事をした。コーラの蓋を開けると、ブシャーッとコーラの噴水が噴き上がる。

「なにしてんの」と、学。

「噴水みたい」

「いや、そうじゃなくて。もったいないじゃん」

「あのメール、見せて」

気がつくと、そう言っていた。なにかを確かめたかったのかもしれない。いくら言われても、ピンとこないのだ。文字で見たかった。

「でも」

学は渋った。

「いいから」

翼がぐいっと手を差し出すと、学は少し迷うようなそぶりを見せてから、黙ってポケットに手を突っ込み、ケータイを取り出して渡してくれた。翼は無言でメールフォルダを漁り、あの日のメールを見つけた。

『From:tsubasa —— taichi が好き』

—— taichi が好き。

いつの間にか入道雲の陰に隠れていた太陽がふっと顔を覗かせて、砂埃の舞うグラウンドを白っぽく輝かせていた。ケータイの画面に、夏の日差しが反射してチカチカとまぶしい。でも、やけに視界がぼやけるのはそのせいだけだろうか。

「おい翼」

「びゃあ！」

妙な悲鳴をあげてしまった。不意に真横から、頬に冷たいものを押しあてられたのだ。

右を向くと、大地がニヤッとしてコーラのペットボトルを振っていた。

「ちょっとは元気出たか」

ひねくれた、笑み。メールを見られたかも、とか、その顔は反則だ、とか、雑念がたくさん頭をよぎって、翼は心臓が破裂しそうになった。

「な……なにすんのバカ！」

そんなつもりはなかったのに、必要以上に大きな怒鳴り声が出た。

「びっくりするじゃん！　いきなりそういうの、やめてよ！」

練習していた野球部が、チラッとこっちを見るほどの大声だった。

「あ……おう、ワリィ」

困惑したような大地の顔を見て、翼ははっとした。

——やって、しまった。

いつもなら、こんなふうに怒鳴ることは絶対にないのに。本当に今は、大地の前で、全然普段通りの自分でいられない。

「……ゴメン」

謝ってしまうと余計に居た堪れない気持ちになって、翼は弾かれたように飛び起きた。学のケータイを握りしめたまま、二人を押しのけるようにして走り出す。なにもかもから、逃げるみたいに、全速力で真夏のグラウンドを駆け抜ける。

避暑地の、自販機と自販機の間で膝を抱えてしゃがみこんでいると、どんどん自責の念がつのってきた。

なんであんなふうに怒鳴ってしまったんだろう。そんなつもり、なかったのに。ちょっと驚かされただけで。いつも自分が大地に対してやっているようなイタズラに比べたら、全然、かわいいくらいのものだったのに。

翼はうつむいて、学のケータイを握りしめる。黒のスライド式ケータイ。持ってきてしまった。あのメール画面、見られただろうか。学が言ってしまったかもしれない。大地はあたしが大地を好きだと知ったら、どんな顔をするだろう。

「……イヤだ」

ボソリとつぶやいた言葉は、たぶん、本音だった。

メール画面を開いて、自分の本音と向き合う。

ディスプレイに閉じ込められた、誤魔化しようのない気持ち。そのまま閉じ込めてしまいたい。忘れてしまいたい。今まで通りに過ごしたい。

——まるで翼のその願いを聞いていたみたいに。

なんとなしに画面をスクロールした先に、ふっと文章が現れる。

『このメールに返信すると、tsubasa のホンネを取り消すことができます』

「取り消す……」

「あ」と小さな声がした。顔を上げると、長い前髪越しに大きな瞳と目が合った。

オカルコだ。なんでここに——いや、飲み物を買いにきたのだろう。当然。

「……ついてるよ」

翼は自分の頰を指差した。オカルコの顔に、泥がついていたのだ。慌てたように泥のついた軍手で頰を拭って、余計に汚していた。画に描いたような不器用さだ。

オカルコは気まずそうにポケットから硬貨を取り出して、自販機に押し込んでいく。

翼は黙って、頑なに前を見つめ続ける。友だち……と、言えるのかわからないけれど。一度はお祭りにも一緒にいった相手と、こんなに近い距離にいるのに、なにを話していいかわからないのは、なんだかとても致命的な欠陥のような気がする。人として。お互いに。

「なんで学の誘い断ったの？」

沈黙に耐え切れなくなって、訊いてしまった。

「え？」

ちょうどボタンを押しこんだオカルコが、キョトンとして振り向く。ガタンゴトンと、ペットボトルの落ちる音がする。

「バスケ」

ああ、という顔をした。

「スポーツ、あんまり、得意じゃないから」

それは本音なのかもしれない。球技が上手そうには、あまり見えない。

「でも、やりたいとは思ってたでしょ。本音メールきてた」

オカルコは重苦しい顔をして、お釣りのレバーをガチャリと引く。

「……そういう羽宮さんは、どうしてこんなところにいるの？」

翼は目をぱちくりさせた。やり返されるとは、思っていなかった。

「いいでしょ、別に」

「さっき、なんか言い争ってるみたいだったけれど……」

「あんたには関係ない！」

怒鳴ってから、またやってしまったと思った。本当に、ダメだ。今日のあたしは、本当に、ダメダメだ。

オカルコはびくっと身を震わせて、ゴメンナサイと小さな声で謝った。踵(きびす)を返して逃げるみたいに去っていくオカルコを、引きとめる言葉は思いつかなかった。

ケータイが、ブーブー唸った。学の方じゃない。自分のやつだ。

『From:yoruko ——本当は嬉しかった』

それだけの、短い文章を読み終わる前に、次を受信した。

『From:yoruko ——話しかけてくれて、嬉しかった』

ブー、ブー。

『From:yoruko――自分にもまた、友だちができるのかもしれない、と思ってた』

ブー、ブー、ブー。

『From:yoruko――でも、私は本音メールの怖さを知っている』

『From:yoruko――本音メールで、友だちを失くしたことがある』

『From:yoruko――夏祭りの日、あなたたちにもその予兆を感じた』

『From:yoruko――やっぱり友だちにはならない方がいいと思った。だから、』

「わかったもういい！」

聞こえたわけもないだろうに、メールはそこでピタリと止まった。

なんでこう、知りたくもないことばかり、まるで押しつけるみたいに伝えてくるのだろう。なにがしたいのだろう。誰かの本音を知るたびに、心の表面にすっと傷が走る。おもしろがるみたいに、本音メールは人の心に傷をつけていく。その感覚に、翼はいつまで経っても慣れない。そんなふうに、本音を打ち明けられるほど、誰かと深くかかわったことがない。

だから、オカルコの気持ちも、よくわからない。わかったと言ったくせ、全然わからない。本音メールで友だちを失くした。新田深月のことなのだろうか。そんな話は、だいぶ前に学がしていた気がするけれど。いつか失うくらいなら、友だちなんて最初から作らない。彼女の本音は、そんなふうに聞こえる。あるいは、誰かを傷つけることが嫌で、代わりに自分が傷つくことを選んでいるようにも思える。

自分もいつか失くしてしまうのだろうか。大地や、学を。オカルコの言うとおり、すでに失いかけているのかもしれない。ただ相手の本音を知ってしまった、自分の本音を知ってしまったという、たったそれだけのことで。

そんなことで壊れてしまうような脆い関係だったのなら、そもそも本当に友だちだったのかどうかすら疑わしい気もするけれど。

*

学が自販機のところに現れたとき、翼はぼーっと空を見上げていた。手の中に、メール画面開きっぱなしの、学のケータイを握りしめたまま。日陰の淡い冷気を吸い込むみたいに小さく口を開けて。コの字型の校舎の中庭に、蝉の鳴き声がうるさいくらいに反響している。むせ返るくらいに濃い夏の気配。中庭の芝生が陽炎で歪んで見える。

学が心配そうな顔で覗き込んできた。翼は少しだけ顔を上げて、学のケータイをぷらぷらと振った。

「翼？」

「これ、取り消しメールだったんだね」

「え？　……あっ」

思い出したみたいに、学がケータイをかすめ取ろうとするので、ひょいと避けた。

「なんで黙ってたの？」

「いや、黙ってたってわけじゃなくて、なんかこう……」

言い出すきっかけが見つからなかったというか——学が慌てたみたいに口をパクパクさせるのが可笑しくて、翼は少し笑う。

「その……俺は取り消ししてねえからな？」

念を押すみたいに、学が言った。

「できないでしょ、そもそも」

翼は笑う。大地のピーマンの本音は、返信しても結局消えなかった。

「いや」

と、学が険しい顔のまま言った。

「できる。大地のはたぶん……俺が返信しなかったから」

翼は眉をひそめる。

「どういうこと？」

「その……大地がさ、ピーマン嫌いじゃなくなってたんだ――」

夏祭りの日。屋台でピーマンの肉詰めを買った。そしてそれを、うっかり大地に勧めてしまった。てっきり吐き出すかと思いきや、大地はまるでそれがピーマンじゃないかのように食べた。そのとき、学は気がついたのだという。もしかして、本当に本音が取り消されてしまったのではないだろうか、と。

「あたしが返信したから、だから大地、本当にピーマン嫌いじゃなくなったの……？」

学は首を横に振った。

「いや、たぶんそうじゃない。あのとき、俺と翼ンとこに同じメールがきてたろ？どっちも取り消しできる、って文章がついてた……。で、先に翼が返信しただろ？俺、そのときは送らなかったんだ。翼の返信で大地の本音が消えないの知って、なんだ、消えないいんじゃんって思って自分のも送った……そしたら……」

「じゃあ……それで？」

同じ本音メールを送られた全員が返信すれば、取り消しが可能だと？

「だと、思う。ゴメンずっと黙ってて」

学は苦い顔をしている。翼は、手の中の学のケータイを見つめた。

「じゃあ、これ送ったらホントに消えるんだ……」

『From:tsubasa ―― taichi が好き』

恋する自分。そんな自分がいるなんて、今まで知らなかった。多面体を、一方向から眺めていたみたいに。見えていない部分があった。自分が知っているつもりだった羽宮翼は、多面体の一面に過ぎなかった。本音メールは、そういう自分の違う面も、大地や学の違う面も、色々見せてくる。自分の知らなかった自分――知りたくなかった自分。そして今、それらを、消すこともできるとチラつかせてもいる。

「ホントに消せるんなら、送ってくれても、よかったのに」

ついぼやいてしまった。

「え？」

「知ってたなら、返信してくれても、よかったのに」

そうすれば、他の面があるなんて知らないで済んだ。今見えている面だけで十分だった。こんな苦い思いをして、自販機と自販機の隙間にうずくまって悩まないで済んだ。――そうでしょう？

「ダメだろ、そんなの」

学の声がした。少し険しい表情をしていた。

「どうして？」

こうなる前に、学が送ってくれていたら。たぶんなにも知らないうちに、忘れられただろう。こんな気持ちになる前に、元の羽宮翼に戻れただろう。

「ダメなモンはダメ」

学は頑なに言う。翼はイラっとして、噛みつくように叫んでしまう。

「どうして？　知りたくなかったよこんな気持ち！」

「メール見せたのは、悪かったよ。でも、それとこれとは違うだろ」

「なにが違うの？」

「消していい気持ちじゃない」

「なんで」

「なんでも。どうしても」

学は頭をガリガリとかく。そわそわしたように翼の手の中のケータイを見てくるのは、翼が返信しやしないかと疑っているからだろうか。

「……俺だって、返信しちまおうかと思ったよ」

　ぽつり、と。学がそっぽを向いてそう言った。

　意外に思って、翼は学の表情を見ようとする。逆光を受けた、背の高い少年の横顔は、影になってよく見えない。

「翼が大地を好きって知ったときさ、なんかショックだった」

　変なことを言われた気がした。

「え?」

「あ、いや、べつに、俺がおまえを好きとかじゃなくて! そうじゃなくて、なんつーか……」

　学は必死に言葉を探しているようだった。

「前に翼が言ったじゃん? 変わんないでいようって。なんていうか、それが……変わっちまうじゃん、おまえと大地がくっついたら。俺あぶれちゃうし」

「くっつかないよ」

「わかんねーだろ、そんなん」

　学は少しムキになったように言う。

「だから消しちまうおうかと思ったの。全部、なかったことにして、今まで通りに……。でもさ、仮におまえの気持ちを消して、なかったことにして、今まで通りに過ごしたとしても……たぶん、そんなの関係ないなって、思ったんだ」

「関係ない？」

よくわからなかった。ずっとそっぽを向いていた学が、微妙に赤らんだ顔でこっちを向いた。

「つまり……どーせ翼は、また大地を好きになるんだろうなって」

ぼふん、と頭が煙を吹いたようだった。顔が熱い。耳が熱い。顔が赤くなっているのがわかる。

「そう思ったら……なんつーか、応援するのが筋だろうなって、思ったから。だから……」

学はまた頭をかいている。照れ隠しにしても、ちょっとわざとらしい。

「だからちゃんと向き合えよ。応援するから」

なんだかまぶしくて、直視できなかった。逆光じゃない。学の目が。そういうことを言える学の目が。やたらまぶしくて、目を合わせられなかった。

「……学はいいの？」

自分の膝小僧を見つめながら訊いた。

「え？」

「あたしと大地がくっついたら、一人あぶれちゃうって自分で言ったじゃん」

「今すぐコクんの？」

「ヤだよ。フラれたらどうしてくれんの。まだ一年以上あるのに」

「じゃあ、コクるのは卒業まで待てばいいだろ。そしたら俺も関係ないし」

　進路はたぶん違う——暗にそう示す言葉に胸がキュッとする。どっちにしたって、ずっと変わらずになんていられない。いつかは、離れ離れになって、遠く別れて、それでも友だちでいられるかもしれないけれど、同じではいられない。

　だったら、結局どっちだって同じ気がする。

「ムリ」

　翼は吐き捨てるみたいに言った。

「ずっとこんな気持ち抱えたまま、卒業まで大地と気まずく過ごすなんて耐えられない。卒業のときまで待ったってフラれるかもしんないし……そんなんだったら、消しちゃった方が絶対いい」

「なにが気まずいのさ」

「だって……顔も見れないし」

「意識し過ぎだよ」

「しょーがないじゃん！　好きなんだもん！」

そう言った瞬間、びびび、と心に電流が走ったような気がした。

好きなんだもん。

自分の口で、初めて認めた。というか、認めてしまった。

なんだか学が笑ったような気配がした。恥ずかしくて、とても顔は見れなかった。

「いつも通りでいいじゃん。ボーイッシュで、口が汚くて、ジャージがトレードマークの羽宮翼でさ。翼のそういうトコ、俺も、たぶん大地も好きだよ」

学の好きは、きっともっとシンプルな意味だ。翼が思っているような、複雑な好きじゃない。でもそんな〝好き〟でも、言われるとなんだか胸が弾む。不思議な響きだ。

ケータイを見つめる。ボタン一つで、消してしまえる気持ちなんて。でも可能なのだ。返信してしまえば、なにもなかったことにできる。学は覚えているだろうけれど。でも翼が頼めば、なかったことにしてくれる。たぶん。きっと。おそらく。

「ケータイ、返せよ」

学が言った。

翼は一瞬迷った。

「……ねえ学、本当に応援してくれる？」

「おう」

学はうなずいた。

「本人にはナイショだよ？」

「わーってるよ。そんなバカじゃねえよ」

「ホントに？」

「ホントに」

学の目は真剣そのものだ。いつだって、バカ騒ぎして、まっさきに怒られるのは翼だけど。その後でフォローしてくれるのも、いつだって学だった。大親友。大地とはまた違うけれど。でもたぶん、ずっと別の意味で、特別な友だち。

学を信じられないなら、きっと誰も信じられない。

「……わかった」

翼は微妙に名残(なごり)惜しい気持ちを引きずりながらも、学にケータイを返した。

真っ青な夏空が笑ったみたいに、太陽のまぶしい午後だった。

四、絶縁フレンド

飯塚大地が知る限り、羽宮翼は悩むということをしない。いつだってアクセル全開で、考えるよりも先に体が動いている。煩悩にはトコトン無縁だ。地球が明日滅びると言われたら、さすがに眉間にしわくらいは寄せるかもしれないが、それでも最後には「じゃあラスト遊んどこう」と笑顔で言えてしまう感じの……。基本的に、思考するというプロセスをすっ飛ばして生きている——とは学の言葉だが、言い得て妙だと思う。

——けど、最近の翼はそうじゃない。

少なくとも、大地はそう感じていた。

夏祭りの後から、普段うるさいくらいに遊ぼ遊ぼと誘ってくる彼女のメールがぱたりと途絶えていた。どうにも釈然としなくて、真意を問いただそうと思って後日珍しく自分からバスケに誘ってみると——いつだってまっさきにイタズラを仕掛けてくる彼女が、まるで借りてきた猫のようにおとなしかった。あるいは、猫を被っているみたいに。その変わりようといったら、声をかけるきっかけを見失ってしまうほどで、結局その日、大地は彼女になにがあったのか問いただすことができなかった。

夏祭りを境にヘンテコになったのだから、原因は当然あの日の――おそらくは、翼が学と二人で神社のトイレに向かったあの時間帯にあるのだろう。翼があんなだから、事情を知りたければ、もう一人の方に訊いた方がいいのだろうが……。

ところで、水島学という少年は、大地にとって対極にあるといっていい存在だ。何事もアバウトで、楽観的で、お調子者。そして、顔が広い。一年のときから、三人の中では一番社交的で、大地と翼があまり他のクラスメイトと馴染まない中、比較的誰とでも友だちになれる人間だった。ただ、中身は翼と少し似ているのかもしれない。彼もまた、何かに縛られるのが嫌いで、バスケが好きなくせバスケ部には入らないし、交友関係は広いくせ、一定のグループに属するということはしない――大地と翼を、除いては。

――おまえ、なんでオレらとつるんでんの？

そう、訊いてみたことがある。

――ウチのクラス、帰宅部そんなにいないんだよ。

学は笑ってそんなふうに答えていたけれど、それはたぶん半分本音で、半分建前だと思った。実際、後々学が見た目ほど人付き合いにラフなわけではなく、繊細な人間であると知った。だから似たところがある大地や、翼とつるんでいたのだろう。

もっとも、当時の大地はそのことに気づいていたわけではない。

ただ、彼がウソをつくときのクセに気づいていた。

必ず、愛想笑いを浮かべて、目を合わせないのだ。

——なんかしたの、おまえ。

——あー……。

夏祭りの日に、学と交わした会話。

——その……浴衣似合わねえなって言ったら、怒られた。

そのときの学も、愛想笑いを浮かべて大地の目を見ようとしなかった。


終戦記念日から数日、翼が髪を切った。

最近は少しご無沙汰だった肩よりも短いショートカット。いつぞや買ったワインレッドのハイカットスニーカーと、腰にはジャージを巻きつけて「うおらあああ」とか奇声をあげながらドリブルでディフェンスを突破する翼の姿は、少し無理をしている感じもするけれど、比較的いつもの彼女っぽい。

「翼、今日は調子いいのか？」

　交代するときに訊ねたら、なんだか微妙にびくっとされた。

「え、ええと、まあね。髪切ったからね。あたしサムソンだから」

「サムソンなら逆だろ……」

　というか、サムソンなんてよく知っている。旧約聖書に出てくる、髪の毛を切られると弱くなってしまう怪力男の話だったと思うが、ギリシア神話などに比べるとそこまで知られていない。

「あれ、そうだっけ。大地が話してくれた気がするけど」

　翼がキョトンとした。

「そんな大事な部分間違って教えたりしねえ。つか、そんな話したことあったっけ」

「あるよー」

　翼が唇を尖らせた。

「あたしがずっとショートカットのままで、ずーっとバスケで学に勝てなかったから、サムソンみたいに髪の毛伸ばしたら勝てるんじゃね、みたいなこと言ったの大地じゃん」

「そうだったか」

よく覚えていない。

「……っつーか、ちゃんと髪の毛伸ばした方が強いって教えてるじゃねえか」

「あ、ホントだ」

拳をふりかぶったら、翼は苦笑いしながらコートの外に逃げていった。大地はため息をついてボールを拾い上げる。

「大地って、翼のことは殴らないよな」

ディフェンスの学が、ニヤニヤしながらそんなことを言った。

「まあ、おまえは男だしな」

確かに学のことはしょっちゅう叩いている。翼と一緒になってからかってくることも多いが、そのときも叩くのは学だけだ。

「へえー。ちゃんと女の子扱いしてるんだ」

なんだか妙に引っ掛かる言い方だった。そりゃあ、翼は女の子だ。ホイホイ頭をすっぱたくわけにもいかないだろう。

「俺のことも殴らないで、って言いたいのか?」

じろり、と睨んだら、学は肩をすくめていつもの飄々(ひょうひょう)とした顔で笑った。

「そうしてくれたら嬉しいけどな──いや、ちょっと安心しただけ」

大地は再び首を傾げた。なんだかこれも引っ掛かる言い方だ。

「学ー、がんばれー、大地なんかぶっ潰せー」

コートの外から口汚く翼が応援している。そういえば、翼が応援するのは、いつも学だ。なぜだか。イジワルの一環なのかもしれないし……あるいは、そうじゃないのかもしれない。

大地はふと思い至った。

「……もしかしておまえらさあ、」

「眼鏡かち割ってやれー」

「えっ？　ごめんなんか言った？　──翼、ちょっとうるさい！」

翼が大声で変な応援をするせいで、聞こえなかったらしい。学がキョトンとしていた。大地は再びため息をついた。

「なんでもねえよ」

スリーポイントシュート。ドリブルで切り込むのがめんどくさくなると、大地はいつもすぐにシュートを打ってしまう。

「あー、また横着して！」

学の頭上を山なりに越えていったボールは、派手にリングを外してガゴンと音を立てた。大きく弾んで飛んでいきそうになったボールを、翼が器用にキャッチして笑う。

「ヘッタクソー」

今さらながら、オレはなんでコイツらとつるんでるんだろうな、と思う。

*

大地は、水島学と初めてしゃべったときのことをよく覚えている。

一年ときの最初の席替えで、席が隣になった。当時の学は高校デビューだか気まぐれだか知らないけれど、えらく派手な赤茶色の頭をしていて、だからよく覚えている。頭の悪そうなやつが隣になったな、と思ったものだ。事実学は、授業中しょっちゅうぼーっとしていて、ノートもろくに取らず、小テスト中すら眠りこける堪(こら)え性(しょう)のない男だった。

当然、口なんてきかなかった。タイプが真逆過ぎたし、大地はあまり人間関係に器用な方ではなかった。反面水島学の方は地元出身ということもあってか中学からの顔見知りも多く、入れ代わり立ち代わり知り合いが彼の席を訪ねてきたり、彼自身もしょっちゅうあちこちの机へ出かけたりしていた。話す〝理由〟も〝きっかけ〟も、お互いになかったのだ。

最初にやってきたのは〝きっかけ〟の方だった。

体育の授業でバスケットボールをすることになって、大地は学と同じチームになった。クラスにはバスケットボール部の男子が三人いて、チームの力量を均等にするために彼らはバラけたのだが、チームは四つあったので、バスケットボール部不在のチームが一つできてしまう。それが、大地たちのチームだった。要するに負け組だった。文字通りの。

とはいえ、たかだか体育のバスケットボールだ。別に勝ちにこだわるようなものでもない。なので大地も、他のメンバーもそれほどやる気がなかったのだが、しかし、学だけは、なんだか楽しそうに出番を待っていた。大地はそれを、少し意外な目で見ていた。

「飯塚くん」

視線を感じたのかもしれない。急に学がこちらを見て、初めて口をきいた。

「背、高いから、センターやってもらっていい？」

「……は？　オレ？　センター？」

「リバウンド取ってくれればいいよ。めんどかったらゴール下から動かなくてもいい。体育の授業なら、三十秒ルールとかないし」

　ニヤリ、としてそう言った妙に自信に満ちた顔と、専門用語がぽんぽん出てくる様から、もしかしてコイツ経験者なのかと思った。ただ、それだけではない気もした。その瞳に宿ったキラキラとした光は、どちらかといえば勝利に飢えるスポーツ選手というより、悪戯を楽しむ子どものようなきらめきだったのだ。

「確かに身長はそこそこあるけど……けどタッパなら、おまえだって」

　初会話でおまえ、とか言ってしまったわりに、学は気を悪くしたふうもなく笑って答えた。

「俺はどっちかっていうと引っ掻き回す方が好きだから」

　その後入った試合で、大地は学の言葉の意味を理解することになる。

　バスケットボール部員を有するチームが、彼ら頼みになって一本調子な攻撃なのに対し、学はさまざまなところへパスと指示をびゅんびゅん飛ばして翻弄した。司令塔のポジションを、バスケットボールではポイントガード、というらしい。事前にチーム内で、自分がそのポイントガードになります、ということを学はあらかじめ言っていたわけではなかったけれど、試合が始まってすぐに、なんとなくコイツが引っ張ってくれるらしいということはみんなわかったようだった。そういう、カリスマでもないけれど、オーラみたいなものが出ていた。

経験者なのは、間違いない。技術はずば抜けているというわけでもないけれど、確かなものがある。素人の大地が見ても、わかる。もっとも、それは培われた技術というより、遊んでいるうちに自然と育まれたような……型にはまらない、柔軟なものだった。そのトリッキーさが、きちんと練習を積んできたバスケ部員たちはもちろん、他の素人たちにも対処しづらかったのかもしれない。学は、そういう、まるでイタズラをしかけるみたいなトリックプレーを、好んでしているように見えた。

結果的に自分のチームが全勝してしまい、学がうぇーいとハイタッチを求めてきたとき、大地がついついニヤリとしてそれに応じてしまったのは、そんな彼の気持ちに感応してしまったからなのだと思う。

〝理由〟の方も、そう遠からずやってきた。

「飯塚くん、帰宅部なんだって？」

ちょうどその日、席替えがあって、学とは遠い席になった。にもかかわらず、学は放課後わざわざ大地の席にやってきて、そう訊いた。

「ああ」

学が帰宅部だということは、大地はすでに知っていた。

「へえ、やっぱそうなんだ。どうして？」

「学生の本分は勉強だろ」

「ははっ、お堅いなー」

「そういうおまえは？」

大地は訊ね返した。わりと、不思議だったのだ。

「バスケ部。入んねーの？　こないだの授業の後、だいぶ熱心に勧誘されてなかったか？」

「あー、あれね」

学は頭をかきながら気まずそうに笑った。

「縛られるの、苦手なんだ。部活とかはあんまり。バスケは妹に付き合ってやってただけだし」

「ふーん」

大地は適当に相槌を打った。なにかもっと深い理由があるのかと思ったけれど、存外軽いものだった。途端に興味が失せる。鞄に教科書を入れて、立ち上がる。

学が少し慌てたように口調を早めた。

「ああでもさ、バスケは好きなんだ。だから飯塚くん、よかったら」

「よかったら?」

顔をしかめて訊いたのがまずかったかもしれない。学は微妙にウッというような顔をしつつ、窓の外を指差した。

「校庭の隅にさ、バスケットゴールあるじゃん。あそこで、たまにでいいから、放課後ワン・オン・ワン付き合ってくんない?」

大地は学の指差す先を見つめた。校庭の隅っこに、確かに古いバスケットゴールがある。以前体育で、屋外バスケットコートを使用したが、あのゴールの先代らしいということは噂に聞いていた。

「なんでオレなんだよ」

「身長がちょうどいい。同じくらいだろ?」

悪びれずにそう言う学の顔は、にへらと笑っている。派手な赤茶色の頭。だらけた笑顔。授業中はしょっちゅう居眠りをして、ろくにノートもとらず、テストは赤点だらけ。

それでも不思議と、憎めない笑顔だった。

「……たまにならば」

いつもなら絶対断りそうなその誘いを、そう言って承諾してしまったのは、今となっては気の迷いだったのだと思いたい。


それからは、どこが「たまに」なのかとツッコみたくなるほど、ほとんど毎日のようにワン・オン・ワンに明け暮れた。文句を言いつつも付き合っているうちに、不思議と飛ぶように日々が過ぎていった。夏になる前に学が髪を切って、わりとおとなしめの茶色に染め直した頃、翼も加わった。そうして、ぐだぐだと三人でつるむようになったのだ。

思い返してみても、なんでつるんでいるのかはよくわからない。なんとなく、としかきっかけは見つけられない。それこそ、背丈がちょうどよかった、くらいの——それでも確かに一つだけ言えるのは、こんなにバスケットボールをした相手は後にも先にもあの二人だけだろうということだ。

＊

「大地ー、そろそろ片付け済ましといてねー。捨てるものとか、早めに出しといて」

「うん」

部屋から生返事を返す。背もたれ代わりにしていたダンボールから身を起こすと、ポケットからケータイが落ちた。

のろのろベッドに這い上がりながら電源ボタンを押すと、作成しかけのメール画面が表示される。宛先欄には学と翼の名前。しばらくそのまま見つめているうちに、ディスプレイの照明が落ちる。暗くなった画面には、なんとも言えない顔をした自分が映っている。

「……言わなきゃ、だよな」

独りごちて、もう一度電源ボタンを押そうとしたときだった。

ブブーッ、とメールの通知を知らせるバイブが鳴った。

『From:gaku ―― tsubasa の好きな人知ってる』

大地は眉間にしわ寄せて画面を睨んだ。

本音メールを見るたびに、思うことがある。厳密にいって、これは本音なのだろうか、と。たとえばこの場合、学は当然その名前まで知っているということなのだろうし、ならば本音メールはその名前まで教えてこそ本音メールたり得るのではないのか。ベール一枚残して素顔は晒さない——そんな本音を、大地は何度も見ていた。ディティールの問題なのだろうが、その基準はおそらく一定ではない。送信者には、意図があるのかもしれないが、送られる側としては不愉快な話だ。

ともあれ、メールの内容は事実なのだろうと思う。いい加減信じないわけにもいかないレベルで本音を言い当てられている。本音メールは本物だ。だから学は、確かに翼の好きな人を知っているはずだった。

八月中旬……いや、もうほとんど下旬か。日めくりカレンダーの日付は十九日。残り少ない夏休みの一日。自室のベッドの上で、大地はケータイを睨んで唸る。

だからなんだ、と、口頭で言われたらそう言い返していたかもしれない。しかし文章で、しかも本音メールに思わせぶりに送られると、なぜだか動揺してしまう。

翼に好きな人？　あの、女の子らしさが欠片もない——いや、夏祭りでその考えは改めさせられたけれど——あいつに、好きな人？

驚きと同時に、なにか、焦りのようなもの。

もやっとする。なぜ学は——否、学だけが、それを知っているのだろう。夏祭りの日、二人が神社のトイレに行って、大地はその間オカルコを家まで送っていた。そのときになにかあったのは間違いない。あのとき、学はウソをついていた。そもそも浴衣姿が似合わないなんて、あいつがそんなことを言うわけがないのだ。人を傷つけないことに関しては、学も相当繊細な人間だということを大地は知っている。

「……やっぱあの二人」

くっついた？

数日前から頭の隅っこに引っ掛かっている可能性。

まさかな、と思う。まさかな、と。しかし繰り返し思うたびに効果が薄れていくようで、そのうち「やっぱり」の方が強くなってくる。

翼の好きな人は、学？

ありえない話じゃないと思った。三人の中で、どちらかといえば浮いているのは大地だ。真面目で、カタブツで、頭でっかち。自覚しているけれど、弱点だと思ったことはない。そこも含めて石頭なのだろうけれど。対する翼と学は、どこか似ている。おバカで、お調子者で、お気楽で。そして二人とも、大地をからかうのが好きだ。不愉快なことに。

気は合うのだろう。絶対。間違いなく。……少なくとも、自分よりは。

「……なんでこんなに気にしてんだよ」

ぼそっとつぶやくと、それはますます疑問になった。

なぜ気にする。この感情は苛立ちだ。たぶん。それも、学に対する。

……嫉妬？

まっさか。オレが学に？

「ないない」

口にすると、今度はまるっきりウソみたいだった。嫌な感じだ。

そうじゃない、と言い聞かせる。秘密にされているから、嫌なのだ。自分だって秘密を抱えていて、それを言うか言うまいか、迷っている真っ最中に、こんなふうに思わせぶりに秘密がありますよなんて言われたら——誰だって、気になるし、イラッとする……。

ケータイの時刻は午前十一時を指している。このまま悶々と過ごすには、夏休みの暇な一日はあまりに長い。寝坊キングの学とて、さすがに起きているだろうと思い、大地は彼の電話番号を呼び出した。

自分の秘密を明かすのはあんなに渋るくせ、人の秘密を問いただすのには一秒の迷いもないことが、少し嫌だ。

学は地元組だが、大地と翼は電車通学組だ。だからいつも、学校からの帰りは途中で学だけが別れる。大地が学校のある駅まで行くのは、登校日と、休日に誰かと待ち合わせたり、あるいは放課後に駅周りで遊ぶときだけだ。買い物も、一人ではあまりそっちへは行かない。だいたい三人で会うときは学校の方に行くので、休み中も頻繁に訪れてはいるのだけれど。

家を出たときの空は青かったが、それでも雲は立ち込めていた。玄関の傘立てからビニール傘を一本取りかけて、ふと考える。大地はもう一本傘を手に取ると、家を出た。

駅まで自転車を飛ばす。学校のある駅まで、そんなに距離があるわけではないから、自転車でも通学できなくはない。そのつもりはないけれど。以前学がこっちへ遊びにきたときに、チャリで来れんじゃん！　と大げさに驚いていたのを思い出す。あいつや、翼なら、きっと迷わず自転車で通学するのだろう。大地自身、前に一度だけ自転車で行ったことがあったが、とてももう一度やる気にはなれなかった。

「体力バカどもめ……」

帰宅部のくせに。無駄に肉体のスペックが高いのだ、あの二人は。そういうところまで無駄に似ている。

駅までついて、改札に定期を通して電車に乗る。ガタンゴトンと揺られること四駅、目的の駅で降りるとパラパラと雨が降っていた。

「なんで俺が傘持ってないってわかった？」

大地が改札から出ていって、手ぶらの学にビニール傘を一本突きだすと、学は目を丸くしていた。

「本音メール？」

「ばかいえ」

大地はため息をついた。

「んなことまであんなメールに頼らなきゃ、わかんねえと思うのか。どうせろくに顔も洗わず出てきたんだろ」

だいたい、呼び出されることが多いから、機会は少ないけれど。それでも、こっちから呼び出したとき、学がきちんと身支度を整えてくることは稀だ。自分の方が近いから、油断して、遅刻ギリギリになって家を出る。だから色々忘れる。典型的な遅刻魔だ。時間に間に合っているだけ翼よりはマシだけれど。

「少し歩こう」

言って、大地は庇の下から出た。後ろでばさっ、と傘の開く音がして、大地は少しだけほくそ笑んだ。

繁華街を抜け、川を渡って、住宅街へ。線路沿いの坂道を、のんびり歩く。少しずつ町並みが眼下に広がっていく。夏祭りの日に歩いた道だ。

「なあ、大地」

「あ?」

「話って?」

「あー……」

呼び出しておいて、自分でもどう切り出していいのか、大地もわかっていなかった。歩こう、と言ったのは自分でも考える時間が欲しかったからで、別にどこを目指して歩いているつもりもなかったが、気がつくと神社が近くに見えてくる。

大地は鳥居をくぐって、砂利の上をジャラジャラ音を立てながら歩いた。境内の中ほどで立ち止まる。トイレが見える。なんとなく、切り口が見えた気がした。

「……最近さ、翼なんか変じゃね？」

「変？」

大地がぱっと振り向くと、学がとっさに目を逸らすのが見えた。

「いっときほどじゃねえけど……ぎこちないっつーか、無理してるっつーか」

「そう、かなあ……俺はわかんねーけど」

愛想笑い。ウソだ。

「夏祭りの日。ここでなんかあっただろ」

大地はトイレを指差した。

「それから、こないだ、あいつがやけに元気なかった日。急に怒鳴ったり、逃げ出したり……夏祭りのすぐ後だった」

少しずつ、自分の声の温度が上がっていくのがわかる。

「次会ったときにはなんかやけに元気でさ。文字通りの空元気、みたいな。でもオレとはろくに目も合わせねーし。そのわりにおまえとは仲良さそうだし。なんなの？オレなんかしたか、あいつに。それともおまえら……」

ぐ、と言葉に詰まる。

なんでこんなことを、熱くなって問いたださなければならないのだろう。今さらのようになにをしているんだ自分、と思う。

「おまえら……なに？」

学がキョトンとしている。これは、素だとわかる。本当に、大地がなにを疑っているのか、わかっていない。

大地は臓物でも吐き出すような思いで、口にした。

「おまえら、付き合ってんの？」

急に雨が勢いを増したような気がした。学はまるまる三秒は口をぽかんと開けていた。

「……は？」

「いや、だから……」

「なんでそうなるんだよ付き合ってねえよ！」

学が喚いて、大地は目を細めた。

「そうなのか？」

「そうだよ！」

学はムキになっている。けれど顔は笑っていなかったし、目は大地をしっかり見ていた。

ウソではない。

直感した。実際、考えてみればそんなややこしいことを、隠しておくような二人でもない気がする。

「じゃあ、なに隠してんだよ」

結局、そういう話になる。

「それは、その……」

学はわかりやすく勢いを失って、そっぽを向いた。視線の先に、神社の本殿がある。まるで神様に縋るみたいに、学は頑なにそっちを向いていた。あの日も、二人に何か神にでも縋りたいような出来事があったのだろうか。

「……言えねえのな？」

確かめるように問うた質問は、雨音の中、自分でもほとんど聞き取れなかったが、学は浅くうなずいた。

「ワリィけど……」

「そうか」

大地はぽつりとつぶやいた。

雨足は確かに強くなっていた。ビニール傘を打つ雨粒の音が、どんどん激しくなってうるさいくらいに反響している。

やがてふらふらと歩き出すと、学の脇を通り過ぎて、大地は神社を後にした。学が後ろでなにか言いたそうに口を開く気配を感じたが、結局言葉が飛んでくることはなかった。

誰にだって、秘密の一つや二つくらい、あるだろう。

頭ではわかっている。でもなんだか、嫌だった。特に今は。相手が秘密を言わないのに、自分が秘密を言うというのが、なんだか気に食わない。つまらない意地だと、わかってはいても。

いいさ。そっちが言わないんなら、こっちだって言わねえ。

大地は胸中で嘲笑を浮かべてみようとしたが、あまりうまくいかなかった。それでも無理矢理に言い聞かせるみたいに、もう絶対言わねえ、と何度も繰り返した。

家まで戻る途中で、少し道を外れた。頭を冷やす時間が欲しかった――というよりは、頭が冷えてくると、なんだか余計に思考がゴチャゴチャと絡まってきて、一度ゆっくり整理したかった。というのが正しい。

線路と交差する形で走っている川に沿って歩く。線路を挟んだ学校の反対側は、住宅街が広がっていて、綺麗な段々ではないけれど、そこそこ傾斜のある丘陵地になっている。線路はその麓を走っていて、ちょうど繁華街と住宅街を区分けしている。あまりこちら側には来ないから、少し新鮮だった。

川原で子供が水鉄砲で遊んでいる。夏休みっぽい光景だとぼんやり思う。五、六人くらい、男の子たちがはしゃいでいたが、一人だけ、どことなく相手にされていない子がいるのが大地にはわかった。手に持っている水鉄砲が、その子だけ小さい、ハンドガンサイズのものだからかもしれない。他の子はみんな、両手で持つような大きい、キラキラとした色合いのものを持っている。

その、派手な蛍光色の大きな水鉄砲は、なんとなく学や翼も好きそうだった。ああいう子供っぽいモチーフが、彼らにはなぜだかよく似合う。自分には、似合わない。それからきっと、——オカルコにも。

オカルコ。

そういえば、彼女の家は、このあたりだった。オカルコの家は線路のこちら側にあって、彼女が家から徒歩で学校まで通っていることを、大地は知っていた。夏祭りの日に送っていったからだ。

あのときも、彼女はほとんどしゃべらなかった。楽しかったかと訊ねると、なんだか困ったような顔をしてうなずいていた。楽しいけれど、本当は我慢しなくてはいけないことを(たとえば、テスト勉強中なのにゲームで遊んでしまうような)ついやってしまった、とでも言いたげな。

ちょうど、彼女の家の前を通りかかる。なんの変哲もない、一軒家。一人っ子だと言っていたから、二階の花柄のカーテンの部屋が、彼女の部屋なんじゃないかと、なんとなく推測する。今は不在だろうか。この時間はたぶん、学校の花壇の前だ。今日もきっと、孤独に、土だけを友だちに、夏を過ごしている。

今さらながら、大地は無性に、彼女に同情と——そして共感を覚える。

水鉄砲遊びの中で、一人相手にされていない男の子の姿は、どことなく今の自分やオカルコに重なって見えた。

*

本音メールに関して、一つ新たな発見があった。

きっかけは学の言葉だ。大地と学が微妙に気まずい喧嘩別れをしてから数日。翼の声かけで駅前の喫茶店に集まり駄弁(だべ)っていたとき、学が言いだしたのだ。

「大地には、言ってなかったんだけどさ」

大地の方を一瞬気まずげに見たのは、隠し事の一件があるからか。話せない、と言った以上この話は別件なのだろうけれど。

いわく、夏祭りの日に、ピーマンの肉詰めを買った。それを、大地に勧めた。大地はそれをなんでもなさそうに食べた。以上。

「それがどうかしたのか」

大地が言うと、翼はなんだか困った顔でこっちを見た。

「大地、やっぱり覚えてないの？」

「なにが？」

「前ピーマン嫌いだったじゃん」

思わず顔をしかめる。

「そんなことないぞ」

「そんなこと、あったの」

要約すると、話はこうだ。数週間前、学と翼のところに本音メールがきた。大地はピーマンが嫌いだというしょうもない本音だ。問題はその後で、いつもはそこで終わっているはずの文章に、続きがあった。そのメールに返信すると、本音を取り消すことができるというものだった。

　そのあたりは、聞いているうちに大地も思い出した。

「そういえば……なんか取り消しするかしないかみたいなメールしたっけ」

「そう。それで大地がやってみ、って言うから送ったの。でもそのときは全然取り消されなくて……」

　それが、翼しか返信しなかったからだ、というのだ。後で学も返信したことで、取り消しがなされた。これは仕様なのか、あるいはなんらかの理由があるのか。どちらにせよこの場合、重要なのは取り消しメールが本物だったということだ。

「つまり……オレは全然、覚えてないけど、ピーマンが嫌いって本音を消されて、それからピーマンが食べられるようになっちまった、と……？」

　そういえばつい最近、夕飯でピーマンが出たとき、なにも考えずにもさもさ食べていたら母親にも変な顔をされたっけ。

　――アンタ、ピーマン好きだっけ？

　――ん？　別に……フツー。

　そんな会話を交わしたような。

「本音を取り消しできるってわけか……」

ますます、本音メールというやつが信用ならなくなってくる。作ったやつは、いったいなんのために……それに、どうやってそんなことを可能にしているというのだろう。気まぐれに本音を送ってきたり、取り消せるとチラつかせてきたり。三人の反応を、変化を、楽しむみたいに、翻弄してくる。まるで何かを試しているかのように。同じメールを送られた人間が複数いる場合、おそらくその両方の返信がなければ取り消しはできない――自分のケータイになにか得体のしれないものが憑りついているかのようで、なんともぞっとしない話だった。

*

「なんかさー」

夏休みも残すところ一週間となったある日、帰り道で翼がぽつりと言った。

「最近二人ともぎこちなくない？」

大地はぎくっとして身をすくめた。振り返ると、翼が疑わしそうな目で睨んでいる。

「別に、フツーだろ。オレはこんなもんだよ」

「まあ、大地はいつだって無愛想だけどさー……じゃあ学は？」

翼が振り返って、学に訊ねている。

沈んでいく夕日が、彼女の髪を赤く縁取って、なんだか燃えているみたいだった。

さっきまでは綺麗に晴れていたが、今の空模様は少し怪しい。夕方からゲリラ豪雨という話もある。ちょうど雲と雲の隙間から覗いているその茜色(あかねいろ)の夕焼けは、そんな予報がウソみたいに綺麗だけれど。

「俺は……夏バテかな」

学は曖昧に笑っていた。

「最近食欲もねえし。おかげで体重二キロも減った」

「ふーん……」

翼は言って、前に向き直った。納得してくれたのかと思いきや、彼女は頭の後ろで手を組むとこんなことを言いだした。

「じゃあさ、あたし今から一分黙ってるから、二人でなんか会話してみて？」

「なんかってなんだよ」

大地は少しイラついた声を出した。

「話すことなんかねえよ。普段だって、オレと学だけでしゃべってることなんてほとんどねえだろ」

「そうそう。翼がなんか言って、ツッコミ入れんのが俺らの役割なんだしさ」

「じゃあそれ話題で。あたしがボケで二人がツッコミという役割分担について。ハイ、よーい、どん」

翼がケータイのタイマーをスタートさせるのが見えた。本当にしゃべらせるつもりらしい。それだけ疑っているということなのか。翼は決して鋭い方ではないけれど、逆に言えばその翼にだってわかるくらい、最近の自分たちはぎこちなかったのだろうか。

「やんねえよ。なんでそんなことやんなきゃいけねーの」

「翼、俺は別に普通だって。ホントに。ただの夏バテだから」

大地と学は口々に言う。お互いの顔を見もしないで。

雲行きが怪しくなっていた。夕焼けが雲の陰に隠れて、ふっと世界が薄暗がりに包まれる。大地も学も立ち止まっていた。真ん中の翼も、当然立ち止まっていた。うつむき加減の顔は、正面の大地からも表情が見えない。

「……やっぱり変だよ、二人とも」

やがてぽつりと、翼がそうつぶやくのが聞こえた。

「なんでただしゃべるだけなのにそんなに意固地になるの？　絶対変だよ。あたしわかるんだからね。本音メールなんかなくたってわかるんだから。いくら大地がいつも無愛想だからって、その種類が違うことくらい。学の笑顔が作り笑いだってことくらい。二人とも不器用なんだから、それくらいわかるの！」

「おまえが言うか」

大地はつい、言ってしまった。

「おまえだって大概不器用だろーが」

「うっさいな！」

翼が喚いた。

「二人の不器用と一緒にしないでよ。そんなヘタクソなウソ、子供にだって見破れるんだよ！」

ピリピリ、と三人の間に嫌な空気が流れ始める。

「なんなの？　最近すごいギスギスしてるの、二人の間。空気がピリピリってして、すごく痛いの。やめてよ。間にあたし挟んでるのに。そういう空気、出さないでよ。喧嘩してるんなら、仲直りするまであたしを真ん中に挟まないでよ！」

大地はびくっとした。
翼の怒声。初めて聞いたかもしれない。思えばこの三人で、喧嘩をしたことがない。

意見だって、滅多に割れない。それくらい気が合っていたのかもしれないし、翼に振り回されることに対して大地や学が寛容だったせいもあるのかもしれない。

それが今。翼が怒鳴って、大地は彼女を睨みかえしている。空では雲が流れて、すっぽりと暗雲が夕焼けを覆い隠している。ポタリ、ポタリと雨が降ってくる。今年の夏は、雨が多い。

「……喧嘩なんかしてねえ」

大地はそう言った。ウソではないと思った。喧嘩っぽくはなっているけれど。でもはっきりと、喧嘩をして、仲違いをしているわけじゃない——言い訳みたいに、そう繰り返す。

「してるじゃん」と、翼は不機嫌に言う。

「してねえっつの。なんだよ、不快だってんなら、いいよ。オレがしばらく顔出さなきゃいいんだろ？」

少し言い過ぎた、という自覚はあった。それでも口が止まらなかった。

「おい大地！」

窘（たしな）めるように声を荒げる学を、大地はチラリと見て鼻で笑う。

「どうせおまえら、全然宿題終わってないんだろ？　今年は見せてやらねえって散々言ったハズだし。もう一週間ちょっとしかないんだ。せいぜい集中してやりゃあいいじゃん」

「なにそれ」

翼がはっ、と笑う。今まで見たことのない、嘲笑のような笑み。

「なんでそうなるの？　大地にとっての喧嘩って、なに？　学だけじゃなくて、あたしとも喧嘩したいの？」

「そんなこと、言ってねえだろ」

「態度が喧嘩腰じゃん！」

翼が摑みかかってくる。

「やめろよ二人とも！」

学が割って入ろうとした瞬間、ピシャッと雷光が閃き、続いて轟音が鳴り響いた。それを合図にしたみたいに、豪雨が降ってきた。誰も傘を持っていなかった。みるみるうちに、三人は濡れ鼠になっていく。

胸の内に、後悔の念がもくもくと膨らんできていた。でも、今さら撤回できない。つまらないプライドが、つまらない意地を張っている。

大地はぱっと翼の手を振り払った。

「……じゃあな」

なにか言いたそうな翼を振り切るみたいに、すぐそばの角を曲がって帰途についた。


家に帰ると、母親に呆れ顔をされた。

「あんた、もうすぐ引っ越しなのに風邪なんて引かないでよ」

その一言で、雨に濡れても寒さを感じなかった体が、ひゅっと冷えたみたいに身震いする。

完全に言い損ねた。

胸の内でじわじわと膨らんでいた後悔が、頭の中にも侵食してくるようだった。大地は頭をタオルで拭きながら、ふらふらと自分の部屋へ戻る。

ケータイを確認しても、メールは一通もきていなかった。

「……怒るだろうな」

今もすでに怒っているだろうに、危惧するのは未来の怒りの方だった。学と翼は、きっと怒るだろう。あんな別れ方をしてしまったことに。あるいは、大地がなにも言わずに行ってしまったことに。

——でも。

「……お互い様だろ」

出来る限り、吐き捨てるように言ったつもりだったけれど、言い訳にしか聞こえなかった。二人に秘密にされていることがある。それが、なんだか嫌だ。はっきりそう言えばいいのに、言えなくて、だからやり返すみたいに、自分の秘密もしゃべらないでいる。それが正当な権利だと思っている。

まるで、子供の言い訳みたいだ。

自分でもわかっているだけに、性質が悪かった。

どうして喧嘩なんてしてしまったのだろう。あれが最後になるかもしれなかったのに。今さら考えても遅い後悔をしながら、大地はケータイをベッドに放り投げた。

＊＊＊

なんで喧嘩になってしまったのだろう。

雨に降られながらとぼとぼ家に帰る間も、学はずっと考えていた。

きっかけは、些細なすれ違い。翼が大地を好きで、学はこっそりその恋を応援しようとして。でも大地は翼の様子が変なことに気がついて、そのことを学に問いただしてきて。どっちを優先しても、どっちかが傷つく。結果的に学は翼の味方をしてしまって、だから大地と喧嘩になった。教えてあげるべきだったのだろうか。翼が、おまえのこと好きなんだよ、と。でもそれは、自分の口から言うべき言葉ではなかった気がする。

元をたどれば、本音メールのせいだ。全部、全部、全部。

子供みたいにモノのせいにしながら、びしょ濡れになって家に帰ると、同じく雨に降られたらしい優が玄関で犬みたいに水しぶきを飛ばしていた。

「うわ、兄貴もびしょびしょじゃん！　ちょっと待って、お風呂わたしが先だからね、すぐ入るから」

「ああ……ウン」

上の空で風呂場に消えていく優の背中を見送る。

母親が持ってきてくれたバスタオルを頭からかぶると、のろのろと階段を上って部屋に入った。ポケットから財布やらケータイやらを全部放り出して、濡れた服を脱ぐ。昼間に散々日差しに暖められた部屋の中はまだ熱を帯びて、どこか生ぬるい。裸でいても寒くない。服を着る気が失せる。

ケータイがチカチカと光っていた。緑色は、メールのお知らせ。最近はずっとつきっぱなしだ。本音メールの頻度はバカみたいに高くなっている。

「……なんで」

掠れた声が漏れた。

なぜ、本音メールは自分たちを選んだのだろう。オカルコは、稀に本物の本音メールを受信してしまう子がいる、と言っていた。タイミングなのか、ただの無作為なのか、あるいはなにか法則性があるのか、わからないけれど、とにかく受信してしまう子がいる、と。

でもたまたま、偶然、いつもつるんでいる三人が、同時に選ばれるものだろうか。そこには明確な意志があったように感じる。誰が送っているにしろ、学たちの本音を暴き出すことに、なんのメリットがあるのかもわからないけれど。でもそのせいで、自分たちの関係は確かに変わってしまった。壊れてしまったという方が、もはやふさわしいのかもしれない。

『For the stagnating teenager ――友だちの、本当に、本物の、本音を知りたくないですか？』

最初のメール。知りたい、と自ら願ったはずの願望。

オカルコの忠告があったにもかかわらず、学たちはお構いなしに互いに互いの本音に触れ過ぎて……本音と建前のバランスを取れなくなって、今まで通りでいられなくなった。結局は彼女の警告通りに、関係を崩壊させた。

アドレス帳を呼び出すと、岡夜子の名前を探す。アドレスを交換したときに、電話番号も手に入れていた。一瞬迷ってから、通話ボタンを押した。

呼び出し音が鳴り始める。一回、二回、三回……七回、八回、九回。十まで数えたところで、学は通話を切った。オカルコが出たところで、なにを話すつもりだったのだろう。そもそも、彼女が出ないだろうことは薄々わかっていた。最近、どういうわけかオカルコには避けられがちだ。ちょうど、夏祭りの後くらいから。

「クソッ」

なんだか無性にむしゃくしゃしてがばっとケータイをつかむと、その手を大きく振りかぶって——それから、のろのろと下ろす。ケータイに八つ当たりしたって仕方がないのはわかっているのに。本音メールのせいにしたってしょうがないのは、わかっているのに。

どれくらいそうしていたのだろう。

控えめに扉がノックされるのが聞こえる。

「兄貴、風呂空いたよ？」

「ウン」

学は小さく返事をして、ケータイをそっと机の上においた。

＊

『From:taichi ——』

学がそのメールを受信したのは、ほんの数日後のことだった。

「なんじゃこりゃ」

住所、だった。まるっきり見覚えのない。まったく馴染みのない県から始まり、最後は番地で終わっている。

なぜ、住所が本音なのだろう。それも、大地ですらまるっきり馴染みのなさそうな、こんなに遠い住所が。

わけがわからないので、真意を問いただそうかと思って、大地の電話番号を呼び出しかけ——すぐに手が止まる。そうだ。あれから——あの喧嘩別れっぽいあの日から、一度も会っていないのだった。メールもしていない。電話だって、当然していない。

ケータイのディスプレイが消灯する。暗くなった画面に、自分の渋い顔が映っている。もう一度点灯させると、知らない住所がこちらを見返してくる。

大地の心の奥底に、この住所が眠っていた。だから本音メールが、それを掬い上げて、送ってきた。その意図は――？

……だめだ、わからない。

学は意を決すると、大地に電話をかけた。ルルルルルル、と呼び出し音が鳴り始め、焦らすように繰り返す。しかし、ルルルルル、を十まで数えたところで、呼び出し音は無情にも機械質な自動音声に切り替わった。

『ただいま電話に出ることができません――』

アナウンスの途中で通話を切った。電話に出ない。電話がかかってきているのに気がついていて、それでも出ないのか。あるいは、電車とかに乗っていて、本当に出られない状況なのか。今の状況だと、どっちでもあり得る。判断できない。

……ブブッ。

『From:taichi ――海が見える』

「海……？」

学は首をひねった。海。海が見える。海が見えるところにいる？　このあたりに、海はない。家族旅行にでも行ったのだろうか。じゃあ、あの住所はホテルの住所とか……？

ネットで検索をかけてみた。ホテルの住所ではないらしかった。地図が表示されている。なんにもない、土地の名前と、国道だか県道以外には、なにもない、えらい寂しい土地だった。確かに近くに海があった。なんで大地は、こんなところに……？

少し、心配になってくる。

大地の家の電話番号は知らない。でも、家の場所なら知っている。彼の母親とは面識があるし、直接会って訊いてみてもいいかもしれない。どうせ今は、大地に直接訊くのは気まずいのだから。


鍵を外して、カンカンに熱せられたサドルにお尻を乗せる。

勢いよくペダルを踏み込んで家を後にした。ガチャガチャ音を立てるギアを一番重たくして、平地でぐんぐん加速させる。夏の風は、太陽のにおいがする。アスファルトの上を、蜃気楼(しんきろう)が逃げていく。飛ぶように風景が過ぎて、黄色信号をギリギリで突っ切ろうとすると、見切り発車していたトラックに轢(ひ)かれそうになる。ププーッと鳴るクラクションを置き去りにして、学校の前を通過し、駅前への近道を抜ける。路地裏で寝転がっていた猫にシャーッと文句を言われながらいつもの喫茶店のそばに出て、二時間百円の駐輪所に自転車を突っ込んで駅の階段を上る。

切符を買っていると、ちょうどホームに急行がやってきた。

大地の家には何度かお邪魔したことがあるので、場所は知っていた。学の家や学校のある駅から、上り線で数駅。乗り換えなしの一本。自転車でも来れる距離だけど、だるい、疲れると言って大地は電車通学だ。翼の家はもう少し先の駅で、距離的には学の家から大地の家までと、同じくらいかかる。

駅の庇から出ると、上空は微妙な空模様になっていた。地元は晴れていたけれど、ここの空は曇天だ。最後に大地と喧嘩別れした日のことを思い出す。あの日はゲリラ豪雨がすごかった。

空気に雨の気配を嗅ぎ取りながら、学は記憶にある道をたどる。学の住んでいる地元よりは、だいぶベッドタウンに寄っている。住宅街が多くて、日中は閑散としている。夏休みも終盤だから、公園の中に子供の姿はない。今頃部屋に閉じこもって宿題にかじりついているのだろうか。本当なら自分だってそうしなくちゃいけない。当初の予定では、今頃、大地に泣きついて宿題を見せてもらっているはずだったのに、今年はなんだか変な感じになってしまって、未だに手つかずのままだ。

——今年は見せてやんねえからな。

夏休みの始めに、大地がそんなふうに言っていたのを思い出す。去年もそう言いつつ、結局最後には渋い顔で見せてくれたのだ。翼と必死になって写して、おまえらが全問正解じゃおかしいだろと後でわざと間違いを作らされた。結局先生にはバレていたっぽいけれど。基本的に教師からの心象を落とすようなことはしない大地が、学と翼と関わっているときだけは、その一線を超えるのを、担任の先生が冗談まじりに嘆いていたことを思い出す。大地の本質は天邪鬼（あまのじゃく）なんスよと言ったら、おまえらにしか本音は見せないってことだな、と少し羨ましそうに言われた。

——今年は見せてやんねえからな。

まるでこうなることを予見していたみたいだ、と思うのは、少し考えすぎだろうか……。

学は見覚えのあるマンションを見上げる。飯塚家の場所は知っている。三階の、一番左端だ。ここから電話をして、呼び出すと、大地がベランダから顔を出す。以前この近くの映画館に行ったときに、ここで待ち合わせたから覚えている。

あのときはベランダの物干し竿に洗濯物が干されていた。軒先に何かのプランターが吊るされていて、なにに使うのか知らないが縦長の簀子（すのこ）なんかが立てかけられていて――要するに、人の住んでいる気配があった。

今は、ない。

まるでない。

不意に寒気がした。今まで考えもしなかった可能性が脳裏をよぎって、早足になった。ゴクリと生唾を呑んでエントランスに踏み入る。いわゆるオートロック式で、部外者が勝手に居住区に入ることはできない。ただ、郵便物を受け取るポストには名前があるはずだった。飯塚家の部屋は、305。飯塚の名前は、ない。

「あの、すいません」

学は管理人室に声をかけた。

「はい？」

人のよさそうなおじいさんが答える。

「今、305号室って……」

「305、305……ああ、空いてるね。つい一昨日（おととい）くらいに出ていったみたいだね。なに、お友達？」

学は返事をできずにエントランスから出た。

足取りが怪しい。フラフラしている。

誰かにぶつかりそうになって、慌てて顔を上げた。

「どうしたの学、真っ青な顔して」

「翼……」

夏の熱気に、顔にも服にも汗をにじませた少女が佇んでいた。

＊

なにかをこらえているみたいに、雨はまだ降ってこない。

「……なんで言ってくれなかったんだろ」

駅までの道を歩きながら、翼がぽつりとつぶやく。

「そういえばなんかちょっと、おかしかったよね、最近の大地」

翼は言う。同じことを大地も言っていたよ、と言ったら翼はどんな顔をするのだろう。

「……言いたくなかったのかも」

最初の質問にだけ、学はつぶやくように答えた。

「どうして？」

「わかんねーけど……でも大地ってさ、意地っ張りだし。こんなこと、上手に言いだせなかったのかも」

「そうね……でもだからってさ、あんな別れ方ってないよ」

翼が足元の小石を蹴飛ばす。コロコロ転がった石ころは、コトン、と側溝に落ちる。

『From:taichi ――』

とても、遠い住所。それが引っ越し先だとわかったのは、つい先刻のことだ。翼も同じメールを受信して、電話しても大地が出ないので、そろそろ仲直りも兼ねて家を訪ねようとしたところ、学に出くわしたのだという。

なぜそれが〝本音〟なのかは、よくわからない。ただ、そのメールが、大地本人からでないことに、学は言い様のない苛立ちを覚えた。どうして言わなかったのか。翼に対する答えで自答しているけれど、言いだせなかっただけなのかもしれない。大地にそういうところがあるのは知っている。彼は人間関係に不器用で、愛想だってよくないし、人懐っこい性質でもない。深く踏み込んでくることもない代わりに、どこか踏み込ませないところがある。慣れた相手にはフランクだ。でも、それでも壁は必ず一枚残す。そんな人間だ。

「……言ってほしかったよ、あたしは。行っちゃうってわかってたら、あんなこと言わなかった」

翼が寂しそうに言った。

「お別れも言えなかった」

「たぶん、お別れ言いたくなかったんだろ」

「そうだね。そういうの苦手そうだね、大地は」

泣くとか、そんなことにはならないだろうけれど。しんみりした場で、どういう顔をしていいのかわからなくなるタイプだとは思う。いや、大地はいつだって、どういう顔をしていいのかわからなくて、だから仏頂面を貼りつけて、あまり笑わないし、表情を変えないのだろう。タイプは違うけれど、オカルコに似ているのかもしれない。

「大地にしてみれば、喧嘩別れの方がよかったのかもな。変にしんみりしなくて」

「いいわけないでしょ！　冗談でもそんなこと言わないで」

翼が立ち止まって大声を出した。その声を合図にしたみたいに、パラパラと雨が降ってきた。本当に、今年の夏は雨が多い。

もうすぐ夏休みが終わる。その前に、大地はなにも言わずに去ってしまった。あんな、喧嘩別れみたいな別れ方で。本音メールで関係を崩壊させた、かつてのオカルコたち三人みたいに、自分たちもまたこんなふうに終わってしまうのだろうか。

「いいわけ、ないよな」

学はぽつりと言った。

不意にケータイが震えた。本音メールを受信している。大地からかと少し期待して開いた学は、その内容に一瞬眉をひそめ、すぐに目を見開いた。

『From:yoruko ――色々ありがとう。さようなら』

＊　＊　＊

夏休みが終わりに近づくにつれ、岡夜子の気持ちは沈んでいく。

学校はあまり好きじゃない。それはもちろん、深月のこともあるだろうけれど。もともと苦手なのだ、人の多い場所は。休み中の学校は人気がなくて、部活動にくる子はいるけれど、別に同じ教室で授業を受けるわけでもないし、とても気楽だ。それに夏休みは、別に学校に来なくたっていい。誰とも会わなくていい。それも気楽だ。

あまり家にいると母親に心配されるので、花壇の世話には毎日いく。朝早く起きて、学校へ行き、運動部が走っているのを横目に花壇に水をやる。たまに事務の人や、先生が手伝ってくれる。大人は親切だ。それが同情や気遣いを建前とした優しさであるとしても、嫌われるよりはずっといい。大人は本音を隠すのが上手だ。そんなことを言うと、先生には「大人の世界は、だから息苦しい」なんて言われるけれど。

早く大人になりたい、と願う。成長して、学校も卒業して、就職して。お互い本音を隠して、摩擦のない建前の仮面を被って生きるような世界に早く入りたい。綺麗ごとのウソで塗り固めているのだとしても、その世界は美しいと思う。思春期真っ盛りの、自分たちの剝き出しの心なんて醜いばかりだ。

ケータイが震える。自分にメールをくれる人なんて、親の他にはほとんどいない。だからきっと本音メールだ。

高校へ上がってから、ずっと受信していなかったのに。水島学に話しかけられて、アドレスを交換して、それから——彼も本音メールを受信するようになって。それからずっと、ぽつぽつとメールがくるようになった。飯塚大地からも、羽宮翼からもたまにくる。人との関わり。メールとはいえ、ずいぶん増えてしまったように思う。

けれどその日は、メールではなかった。花壇のところで土をいじっていたら、ふっと夜子の上に差す影があった。

「いつヒマ？　ちょっと聞きたいことあんだけど」

深月だった。

あまり私服を着ない。自分を飾ることに興味がない。いっとき深月に言われて、前髪を切って、染めて、スカートを短くして……要は女の子っぽく振る舞ってみた時期もある。でも本当は臆病で引っ込み思案で人見知りな自分を誤魔化しているみたいで、実はちょっと落ち着かなかった。前髪がないと、目元がすーすーした。自分のぎょろりとした水晶玉みたいな瞳が人目に直接触れているのは、なんだかとても怖い感じがした。

それでも夏祭りにいくときは、やっぱり制服はなかったかな、と思う。水島学は別にいいと言ってくれたけれど。でも内心では浴衣姿が見たかった、と思ってくれていたのを夜子は知っている。そういう本音メールがきていた。自分の浴衣姿が魅力的かどうかは置いておいて、そう思ってもらえるのはきっと素敵なことだ。とても。

鏡の前で、前髪を持ち上げてみる。自分の目を真正面から見るのは久しぶりだ。丸くて大きな目。別に飛び出しているわけじゃないけれど、なんだかギョロリとして見える。小さい頃は宇宙人の目――よくある、真っ黒なアーモンド形のあの目――みたいだと言われてからかわれた。今見ても宇宙人っぽくはないけれど、でもなんだかアンバランスだとは思う。神様が自分を作るときに、本当は別の人につけるハズだった目を間違えてつけてしまったみたいな……。今日は珍しく私服を着て——と言っても ジーンズに地味なチュニック程度のものだけれど——いるので、髪の毛もどうにかし ようかと思ったが、自分の目を見てしまうとその気持ちも失せる。

結局ピンで止めることも、分けることもせず、そのまま垂れ流して家を出た。

今日は、深月と会う。

八月二十八日。カラリ、と晴れた夏の日だった。通り雨の予報がウソみたいな。時刻は午後十二時四十五分。駅前に小さな喫茶店があって、同じ高校の生徒がちょくちょく利用しているのは知っていた。夏休みは宿題に追われている子とか、大人のカップルとか、中学生くらいの集団もよく見かける。駅前といってもそこまで賑わっているわけじゃなくて、喫茶店はせいぜいココと、駅の反対側にある古臭いケーキ屋さんくらいだ。駅自体も古臭いけれど、それは言っても詮が無い。

深月は午後一時を指定していた。午前練習だと言っていたから、午後からフリーということなのだろう。深月はバスケットボールが上手だ。綺麗で、流行に敏感で、友だちも多い。女子にも男子にも好かれやすくて、誰にでも優しくて、友だち思いで——だからこそ、裏切りには厳しい。深月は本当に涼太が好きだったから、自分のことを許せなかったのだろうと夜子はぼんやり思った。

「お待たせしました。アイスコーヒーでございます」

去っていく店員の女の子には見覚えがある。高校の、同じクラスの女の子だ。向こうはこちらの顔なんて覚えていないのだろうけれど。いや、覚えているけれど、赤の他人のように思っている、と言った方が正しいのかもしれない。アルバイトの最中に、クラスメイトがきたときの反応としてはあまりに素っ気ない。

チリンチリン、とドアにつけられた風鈴が鳴った。普段はベルなのだが、夏の間だけ風鈴になる。去年ここで宿題を消化した夜子はそれを知っていた。入ってきたのはバスケットボール部のジャージを着た深月だった。

「ああ……いたいた」

微塵の笑顔もなく向かいの席に座ると、深月は店員にオレンジジュースを注文してどっかと荷物を投げ出した。重たそうな鞄にはなにが入っているのだろう。運動部の経験がない夜子には想像もつかない。

「……相っ変わらず鬱陶しそうな髪してんのね」

夜子を一瞥して、深月はそう言う。

かくいう深月は、昔とは少し違う。あの頃はギリギリ先生に怒られない茶色に染めて、髪は長く伸ばして、ほんのちょっとお化粧もして。子供が少し背伸びした感じのオシャレだった。今は、なんというか大人の女性のお洒落って感じがする。服装はジャージだけれど、明るく染めた髪の毛も、ふわふわとしたカールも、練習上がりだろうにきっちりと決まっているメイクも。ちゃんとした服に着替えたら、モデルみたいに見えるんじゃないかと思う。

「……話って、なに」

夜子はぼそぼそと小さい声で訊ねた。

「ああ、まあ大したことじゃないんだけど」

とか言いつつ、深月は嫌な感じにニヤニヤしていた。ふっと顔を近づけてきたかと思うと、ヒソヒソ声で訊ねる。

「アンタさ、三組の水島と付き合ってんの？」

「え……？」

言われたことを反芻して、理解して、夜子はぼっと顔が熱くなるのを感じた。

「そ、そ、そんなわけないじゃん……」

顔を引っ込めた深月がゲラゲラ笑った。

「だよね、まあわかってたんだけど。ちょっと気になったから訊いてみただけ」

まさか、用件ってそれだけ……？

「お待たせしました。オレンジジュースでございます」

戸惑う夜子をよそに、深月はグラスのままジュースを喉に流し込む。よほど喉が渇いていたのだろうか、グラスを置いたときには液量が半分になっていた。上の方の氷が、支えを失ってカランと音を立てる。

「そんなこと、メールで訊けばいいのに」

思わず、言ってしまった。

深月は手をヒラヒラ振った。

「アンタのアドレス消しちゃったからさ。まー、直接訊けばいいかなって」

アドレス、消しちゃった。

少しだけ、胸の奥がズキッとした。わかりきっていたはずなのに、なぜ今さら傷つくのだろう。自分のアドレスには、新田深月の名も黒木涼太の名も残っている。でも二人からメールがくることはなくて、本音メールすら今はこなくて、直接会って話すことはさらにありえない。今日は、例外としても。

「まあ付き合ってないんだとしてもさ……あんま調子に乗んじゃないよ」

深月の声がふっと冷気を帯びた気がして、夜子は身震いする。薄手のチュニック越しに感じる寒さは、利き過ぎの冷房だけではない。

「水島ってさ、ジャージ女とか四組の飯塚とよくつるんでるでしょ？　今度はそこに入ってまた関係崩壊させようってワケ？」

夜子はぎゅっと唇を引き結ぶ。

深月は夜子がどうやって秘密を知ったのか、未だにわかっていないハズだ。しかし、彼女にとって、手段の詳細は問題ではない。どうにかして、その人の秘密を知った。そしてそれをバラした。過去に起きた、その事実だけが、重要なのだ。

「……そんなつもり、ない」

「まあ、そうなんだろうね。最近またぼっちになってるし。だんだん板についてきたジャン。っていうか、元々ぼっちだったっけね、夜子は」

心の軋む音が聞こえる。

今日、自分はいったいなにを期待してここに来たのだろう。

まさか、深月が仲直りしてくれるとでも？　また友だちになろうって言ってくれるとでも？　自分が間違ってたと謝ってくれるとでも？

心の隅では、そういう何かを期待していたのかもしれない。だから制服じゃなくて私服で来ようと思ったのかもしれない。久しぶりに友だちに会うから、とガラになくはしゃいで……。でも現実はコレだ。冷たい目をした深月は、かつて夜子の目を綺麗だと言ってくれた新田深月とはまるで別人のようだ。

「ま、言いたいことはそれだけ。あんたは人間関係を壊す。そういうやつはぼっちでいた方がいいよってアドバイスしにきただけ」

深月が席を立ち、半分ほど残ったままのオレンジジュースの中でまた氷がカランと音を立てる。

「払っといて」

チリンチリン、と風鈴が鳴る。


なぜ学校に行こうと思ったのかはわからない。よくよく思い出せば、今日の水やりをしていないことに気がついたからかもしれないし、家に帰りたくなかっただけかもしれない。どちらにせよ足は家からどんどん遠のき、学校はどんどん近づいてきていた。

午後のグラウンドには野球部の姿があった。すっかり見慣れた白のユニフォームと、独特の掛け声。ウチは別段強くもないので甲子園はおろか予選だって初戦敗退らしかったが、それでも野球に情熱をかけるその背中はまぶしい。ふと校庭の隅のバスケットゴールのところに目をやるが、件の三人の姿はそこにはなかった。つい先日、一緒にバスケをやろうと誘ってくれた水島学を無下にしてしまって以来、罪悪感がチクリと胸を刺している。

本当は嬉しかった。そもそも夏休みの始めに彼が話しかけてくれて、アドレスを交換しようと言ってくれて、あるいは、再び本音メールがくるようになったことさえ。ちょっぴり、嬉しかったのだ。自分にもまた、友だちができるのかもしれない、と思った。でも夏祭りの日に、あの三人の関係に綻びが入るのを、敏感に感じ取って。本音メールの怖さを、思い出した。過去に自分と深月と涼太がどうなったのか、思い出した。そうしたらもう、やっぱり友だちになっちゃいけないと思った。だからそれからずっと、水島学たちからは距離を置いている。

花壇の花は干からびていなかった。事務の人が水をやってくれたのだろうか。でも土は乾いている。水道のそばの用具ロッカーの戸を引っ張ってみたが、鍵がかかっていた。ここにはジョウロやスコップなんかが入っている。マスターキーは職員室だ。

校舎の方を振り返ると、時計が見えた。午後三時。のろのろしているうちに時間はどんどん過ぎていく。なにをしているんだろう、と思う。さっさと水やって帰ろう。

今日はよく晴れている。校舎の中は日差しがなくて、ギラギラとした太陽の眼差しから隠れられると妙にほっとする。こんなだから日陰者と言われてしまうのだろう。今さら過ぎるけれど。

職員室には人気はなかった。部活の顧問なんかで、先生は何人か来ているはずだけれど、閑散としている。

夜子は恐々一番近くにいた名前を知らない先生に訊ねた。

「あの、鍵……」

「あー、部活？　名前と所属部活書いて持ってっていいよ。後で必ず戻してねー」

ペコリ、と頭を下げて用具ロッカー（外）と書かれたいつもの鍵を取ろうとしたときだった。

ブブッ
ケータイが震えた。

『From:mizuki ―― いなくなっちゃえばいいのに』

目の前が真っ白になった。

誰が、とは書いていなかった。別に、自分のことじゃないのかもしれない。でも、自分宛ての本音メールだ。名前がなければ、それは基本的に自分のことだと思う。

手が震えだした。鍵の貸出表に名前を書こうとして、だがボールペンを落としてしまった。膝をかがめてペンを拾い、つと上を見上げる。

チラリと目に入った鍵には、こうラベルが貼られていた。

〈屋上：生徒持ち出し厳禁〉

錆びついた屋上の蝶番（ちょうつがい）は、鍵の外れた扉を押すとギィィと不快な音で軋んだ。重たい両開き扉の左側を押し開けると、目の前に真っ青な夏空が広がる。涙が出そうなくらいまぶしい日差しに、一瞬視界が真っ白に染まる。そう遠くない場所に雨雲が広がっていたけれど、学校の真上は晴天だ。しばらくしたら、にわか雨がくるかもしれない。

太陽はすでに天頂を過ぎている。これから少しずつ沈んで、赤に染まり、やがて地平線の向こうへ消えていく。フェンスの低い屋上は、それゆえに生徒の出入りが禁止されていた。過去に事故の例があるわけでもないけれど、とりあえず危ないから、という理由で。

フェンスを乗り越えると、いつも自分が世話をしている花壇が見下ろせた。ちっぽけな自分の世界。今が盛りの夏の花と、これから秋に向けて咲き誇る植物が、ゆらゆらと午後の風に揺れている。

夜子はまだケータイを握りしめていた。

——いなくなっちゃえばいいのに。

指の関節が白くなるくらいに強く握ったケータイは、ギシギシと不吉な音を立てて軋んでいる。

深月に嫌われていることは、わかっていた。

でも、どのくらい嫌われているのかは考えたことがなかった。

ちょっと嫌いなだけ？

口をきくのも嫌なくらい？

視界にも入れたくない？

あるいは……死んでほしい、と願うほどに？

「いなくなっちゃえばいいのに」

自分でつぶやいたはずのその言葉さえ、自分に跳ね返ってくるような気がする。

ブブッ
ケータイが震える。

夜子は無表情にケータイのディスプレイを見つめる。

『From:gaku ——雨は嫌い』

雨。

今頃どこかで空でも見上げているのだろうか。縁の上でゆっくり足を踏みかえ、振り返ると、遠くの方には雨雲が広がっている。あの下にいるのだろうか。ふっと目をやったバスケットゴールのところには、三人の姿はない。

「私も、好きじゃない」

夜子はぽつりとつぶやいてケータイをそのまま落とした。屋上の床に硬い音を立ててバウンドし、画面にひびが入るのが見えた。

もう何時間もすれば、太陽は沈む。大地は赤く染まり、やがて日は地平線の向こうへ消える。空高いところを鳥が飛んでいるのが見えた。どんどんどんどん高くなって、やがて太陽の光の中へ消える。

太陽に近づき過ぎれば、きっとピーターパンといえどイカロスのように翼をもがれる。そういえば、ネバーランドで死ぬとどうなるのだったか。不老の国ではあるけれど、不死ではなかった気がする。でも妖精の粉さえあれば、少なくともこんなところから落ちても死にはしないのだろう……。

太陽に向かって手を伸ばし——そのままゆっくりと仰向けに体が傾いて、夜子はなんの恐怖を感じる暇もなく、屋上から落ちた。

＊

死後の世界について語る人は多い。あるのだとか、ないのだとか、生まれ変わるのだとか、天国だとか、地獄だとか。実際に臨死体験という言葉があって、死の淵(ふち)に際して生還した人間の証言はいくつか実在する。しかし、それを証明することができるのは死者だけだ。そして、死人には口がない。

走馬灯、という言葉もある。死に際に自分の一生をスローモーションで振り返るというアレだ。迫りくる死と直面したとき、今までの人生経験から脳が必死に回避法を探すために起こるのだという。

しかし、屋上から落ちていくとき、私の脳はまったく働いていなかった。なんの後悔も、恐怖も感じなかった。そこにあったのはただただ薄暗い絶望と、空の青さへの羨望だけだった。後ろ向きに落ちたのだ。だから落ちる間ずっと、空を見ていた。真っ青な夏空だった。

とにかく、私は死後の世界なんて見はしなかった。むしろ、死に際してなお現実の世界を見ていた。

自分の状態を言い表すもっとも適当な言葉を探すなら、幽体離脱ということになるのだろう。魂だけが抜けだしたらしい。気がついたときには半透明の体になって宙に浮かび、透明じゃない自分の肉体を見下ろしていた。少しだけ、ピーターパンになった気分だった。私、飛べる！

抜け殻の体の方は、花壇に仰向けに倒れていた。たくさんの花びらが散って、まるで花壇そのものが棺のようだった。左腕が奇妙な方向に折れ曲がっていた。血も滲んでいた。長い前髪は落下の勢いでめくれたのか、白いおでこが剝き出しになっていた。目は閉じていたので、私はそこにだけ意味もなく安心した。ギョロリとした目が剝き出しになった死体なんて、たとえそのとき自分が死んでいて知覚することは叶わないのだとしても、あまりにカッコ悪い。

周囲は大騒ぎになっているようだったけれど、私にはその声を聞くことができなかった。この体は視覚しか持っていないらしい。音も、匂いも、触れた感触も、感じることはできなかった。ただ、見ているだけだった。

しばらくして、救急車がやってきた。驚いたことに、私の体は死んでいないらしかった。ストレッチャーに乗せられて連れていかれる自分の体を、私は他人事みたいに眺めていた。いつも花壇の水やりでお世話になっている生物の先生が一緒についていくのを見て、なんとなくその後ろをついていった。

救急車の屋根にちょこんと腰かけて、私は病院まで私の体についていった。もしかしたらそのとき、体に戻ることができたのかもしれない。そうしたら、こんなに慌ただしく運ばれることはなかったのかもしれない。でもその気はまるで起きなかったし、そもそもやり方だってわからなかった。だから私はただ自分の体が病院に運び込まれ、そのままなにやら物々しい部屋へ直行するのをやっぱり他人事みたいに眺めているだけだった。

治療の光景を見るのはやめておいた。いくら他人事みたいに、とはいっても、自分の体にメスで切り込みが入るのを見る気にはなれない。実際そんな大事の手術になったのかどうかは、よく知らないけれど。


病室に移ったとき、私の抜け殻の頭には包帯が巻かれていた。腕はギプスでぐるぐる巻き、毛布の下の体がどうなっているのかは見えなかったけれど、たぶん体にもたくさん傷があるのだろう。音は相変わらず聞こえなかったが、胸が規則正しく上下しているのは見て取れた。生きているのだろう。体としては。

ベッド脇に母の姿があった。もう外はすっかり夜も更けている。治療が終わるまでずっと待っていたのだろう。顔は憔悴(しょうすい)しきっていて、私は今さらのように胸がチクリと痛んだ。飛ぶ瞬間、母のことを、家族のことを、微塵も考えなかった自分はいったいどれほど心の冷たい人間だったのだろう。ベッド脇にひび割れた携帯電話をそっと置いて、母は病室を出ていった。私はそれを、病室の窓の外に文字通り幽霊みたいに浮かびながら見ていた。

しばらくして、母が病院に戻ってきた。父が一緒だった。それから、学校の先生、事務の人……それだけだった。夏休みだから、生徒に情報がいきわたるのには少し時間がかかるだろう。でも、知れ渡ったところでいったい誰が会いにきてくれるというのだろう。

私に友だちはいない。

私に友だちはいない。

私に友だちはいない。

知っている。とてもよく知っている。

だからきっと、病室にはもう誰も来ないと思う。

それからまたしばらく時間が経って——私はなんとなく自分の体から離れられずに

窓の外をふわふわと浮いていて、宙に浮かんだ月と自分の体とを交互に眺めていた。このときも体に戻ることはできたのかもしれない。けれど私はやっぱり、戻りたくない、と漠然と思っていた。

唐突にすすーっと、滑らかに病室の扉が開いた。最後の見舞客が帰ってから、何度か看護師が出入りしていたのでまたかと思ったが――違う。制服だ。私が通っている高校の。

深月だった。

空気なんてもともと必要としていないくせに、思わず息を止める。深月はふらふらとした足取りでベッドの脇までやってきて、包帯やギプスでぐるぐる巻きになった私の抜け殻を見下ろす。その顔に、表情はない。

「――。」

なにか、深月がぽつりとつぶやくのが見えた。今の私には、音が聞こえない。唇の動きだけでは、なにを言っているのかわからない。あいにく読唇術の心得はない。

ブブッ

どこかで聞き慣れた振動音が鳴った。

音？

聞こえるはずがないのに？

ケータイ。メールの受信通知。ベッド脇に置かれたケータイを見ても、通知ランプは点滅していない。それ以前に、あのケータイはそもそもすでに壊れているかもしれない。

ブブッ

また鳴っている。

私は、それが自分のポケットからであることに気がついた。あの日、深月と会うために珍しく私服を着て、その姿のまま幽霊になった私の、ジーンズのポケットの中。

携帯電話が入っていた。

画面のひび割れた、半透明のケータイ。

開いてみる。メールは二通、両方とも本音メールで、両方とも差出人は同じだった。

『From:mizuki ――ごめんなさい』

『From:mizuki ――ごめんなさい』

同じメールが二通。すぐにまた受信して、それも同じ内容だった。

ごめんなさい。

……どうして？

いったい深月は、ベッドに横たわる私の抜け殻に向かってなにをつぶやいたのだろう。ごめんなさい、とつぶやいた？　私が深月のせいで屋上から飛んだと思っているのだろうか。

違う。

そうじゃない。

私はただ、一人で勝手に死んだ。なにかに耐え切れなくなって。死に縋るみたいに死んだ。

いなくなっちゃえばいいのに。

深月がそう願ったからではなく。

いなくなっちゃえばいいのに。

自分でそう思ってしまった瞬間、頭の中で何かが弾け飛んだ。

ブブッ
再びごめんなさいのメールかと思ったが、違った。

『From:yoruko ――戻りたくない』

自分自身から？　本音メール？　なにそれ。戻りたくない？　……戻りたくない？

いや――よく見ると違う。ドメインがいつもと違う。ホンネ・ドット・コムのはずが、タテマエ・ドット・コムになっていた。じゃあこれは、建前メールとでも呼ぶべきものなのだろうか。

なぜ、それが建前なのだろう。それは、本音のはずだ。私は今、戻りたいなんて思っていないハズだ。……本当に？

不意に私は自分の中で感情が棘の塊になって暴れ出すのを感じた。

チクチクと、胸を刺す。心を刺す。気持ちを刺す。ガコンガコン、と自分の周囲を檻が覆う。四方八方、頑丈なタテマエの檻が覆う。戻りたくない。戻りたくない。戻りたくない。戻りたくない。戻りたくない。五回唱えたせいか、檻の鍵は五つあった。

鳥かごのように自らを囲う檻の中で、私は膝を抱えて座り込む。

私は考える。そもそも、なぜ死んでしまったのだろう。あんなにもたやすく。あんなにも身軽に。飛んでしまったのだったか。

いや――その理由だけは、なんとなく覚えている。

空を見ていたのだ。

綺麗な、青い、夏の空。

なんだか自分も飛べるような気がした。ピーターパンが、ダーリング三姉弟に、妖精の粉をふりかけてくれたみたいに。

＊＊＊

八月二十八日という日付を、学は一生忘れないだろう。

学と翼が学校へ着いたときには、すでに騒ぎは過ぎた後だった。自分たちが雨雲を連れてきたみたいに雨が降り始めたグラウンドで、運動部が野次馬みたいに集まっている。

花壇への立ち入りを禁止するみたいに、スズランテープが張られていた。花壇の様相を見た学は、息が止まった。

あんなに丹精に世話をされていた花たちが、見る影もなく潰されている。まるで上空から落ちてきた、何かに押しつぶされたみたいに。

「水島？」

不意に声をかけられた。声のする方を見ると、野次馬の中から野球部のユニフォーム姿の少年が手を上げている。同じクラスの、大井だ。

「大井、なにあったか知ってる？」という学の質問と、「もう聞いてる？」という大井の質問が重なった。

「え、なにが？」

学は訊ね返す。

蝉がうるさい。花壇の近くのソメイヨシノの木で、ツクツクホウシとアブラゼミが競うように喚いている。

「いや、最近、水島たちオカルコと仲いいって聞いたから、もう知ってるのかなーって思って。それで来たんじゃないの？」

「……だから、なにが？」

学は桜の方に向いている耳に指を突っ込みながら繰り返した。

大井が渋るのが見えた。

「あー…のさ、あんま、いい話じゃないから、その、覚悟して聞いてほしんだけど」

学はごくりと生唾を呑んだ。

大井の声の息遣いが微妙に歪み、そして、囁くような声が言った。

「さっき、オカルコが屋上から飛んだ」

やかましく鳴いていた蝉が、ぷつんとこと切れたように静かになった。

大井の話によれば、それは一時間ほど前のことだという。

ちょうど雨に降られ始めた、ゲリラ豪雨の時間帯。正確には、そのときにはもうすでにオカルコは飛んでいた。学校の方では、まだ通り雨がくる前の、よく晴れた午後の夏空。その青を背景に、オカルコは仰向けに屋上から落下し——日頃自分が丹精に手入れしていた花壇に背中から落下した。

結論から言うと、彼女は死ななかった。件の花壇の土がクッションになったのと、頭を打たなかったので、あの高さから落ちたにしては奇跡的に軽傷だったらしい。もっとも、意識不明の重体だったため、結局は救急車で近くの病院へ搬送された。それが三十分ほど前。身近で自殺未遂なんて事件が起きた興奮のせいか、微妙に上ずった調子で話す大井の声が気に障って、学はそれ以上の情報はシャットアウトした。

オカルコが飛び降りた。でも死んではいない。

その二つを聞いて、まずショックを受けて、その後ひとまずは安堵すべきなのだろう。しかし学は、ショックは受けたものの安堵はできなかった。

震える指でメールボックスを確認する。一番上の、本音メール。

『From:yoruko ——色々ありがとう。さようなら』

手が震えだした。

色々ありがとう。さようなら。

まるで遺言みたいな、一時間前のメール。

本人からでなかったことが、救いの気もした。オカルコ自身のアドレスからこんなメールを送られていたら、今頃気が狂っていたかもしれない。

大地に知らせなきゃ……と一瞬思って、すぐに手が止まった。あいつは知っているのだろうか。大地はオカルコのクラスメイトだから、さすがに誰かが知らせている気がする。本音メールで知った可能性もある。

……知ってんだろ。

決めつけて、学はケータイをシャカッと閉じる。

「なんか……あたしたち、呪われてるみたい」

ずっと黙っていた翼がぼそっとそんなことを言うのが聞こえた。

呪い。

オカルコからすれば、自分たちはきっと、彼女の友だちでもなんでもないのだろうけれど。それでも、彼女にこんな形で別れを告げられるのは、確かに呪いのようで、あんまりだと思う。

＊

「そういえば兄貴って新田先輩と同じ学校なんだね？」

夕飯の席で、優が突然そう言いだしたとき、学はちょうど彼女のことを考えていた。口に入れたばかりのご飯にむせて、怪訝そうな顔をされる。

「新田って、新田深月？」

訊ねると、優が首をひねる。

「えーと、そう、かな？　とりあえず、バスケ部の新田先輩。髪の毛くるんくるんってしてて、ちょっと化粧濃い女の人」

ビジュアルはわからなかった。会ったことがない。ただ、バスケ部でピンとくるものがあった。新田は中学時代バスケ部だったとオカルコから聞いている。そして、あの二人は、女子校の出身だとも。

「そういやこの辺で女子校って言ったらおまえんトコだけか……」

今まで思い至らなかった自分に腹が立つ。知っていて、なにができたわけでもないけれど。

「ん?」

「ああいや。で、新田さんがどうかした?」

「ううん、別に。今日会ったから」

「会った?」

声が変に上ずった。優は気づかなかったようだ。

「部活にね、新田先輩が久しぶりに顔出してくれて。練習中にわたしの顔見て、そういえば水島って兄貴いるー? って。いますよー、って言って学校の名前言ったらなんかちょっとギョッとしてたから」

「それで、学校同じだって?」

「そ。まあ、しゃべったこと全然ないんだけどねーって笑ってた」

それは学も一緒だ。新田は……確か五組だったハズだ。四組とは体育なんかで合同授業があるので顔見知りも多いけれど、五組とはまったく交流がない。別に会いにいくほどの友だちもいない。

すると、オカルコが屋上から飛んだ頃、彼女は母校にいたのだ。アリバイが成立している。別にオカルコを新田がつき落とした——なんて考えていたわけではないけれど。なにか事情を知っているような気がして、さっきからずっと考えていたのだが、特に関わり合いはないらしい。

「なんか今のあの人、兄貴にちょっと似てるんだよね」

優が思い出したように言った。

「似てる？」

「んー、なんだろ、兄貴と、あと飯塚さんと羽宮さんもそうだけど。オーラが似てる」

「オーラ？」

意外な話だった。いったいどんな共通のオーラを出しているというのだろう。

「んー、あと一歩を踏み込まないっていうか、踏み込ませないっていうか……上っ面の付き合いが上手な感じ？」

「なんだそれ」

「本音が見えないってことだよ。要するに。友だちとも建前で付き合ってる感じ。兄貴たちってさ、そういうとこない？　なんか仲良すぎるんだよね。友だちならなおさら、もっと喧嘩とかさ、気が合わないとことかさ、あるべきだと思うワケ。上っ面で付き合ってるから、嫌なとこ見ないで済んでる感じ？　……あ、ごめん、別にけなしてるわけじゃないんだけど」

優が少し上目遣いに見てくるのを、学はぼんやり見返す。

喧嘩ならこないだしたけれど。でも、あれが初めてだ。たぶん初めて、剥き出しの本音をぶつけあった。

本音が見えない。言われてみれば、そうかもしれない。一歩踏み込まないのはきっと、友情をまるで精巧なガラス細工みたいに、壊れないように、壊れないように、そっと扱ってきたからだ。本来なら、友情っていうのはもっと傷ついたり、壊れたり、それでも直したりして、ボロボロのツギハギだらけであるべきなのかもしれないけれど。でも三人の友情は、異常なくらいに綺麗なままここまできてしまった。たぶん、みんな苦手なのだ。傷つけることが。壊すことが。仲はいいけれど、傷つきもしない。傷つかないから、なにも成長しない。居心地のいいまま、ずっと停滞することを選んできてしまった。

そこでつと、優がそういえば、と付け加えた。

「新田先輩、今日学校来る前に中学のときの友だちと会ってたって言ってたなあ……なんか園芸部の。新田先輩、中学のときよく花壇のところで内気そうな女の子としゃべってたんだよね。その子も同じ高校だって言ってた。あの頃の新田先輩は、ちゃんと本音で人と付き合ってた感じがするんだけどなあ……」

ドキッ、とした。

それはきっと、オカルコのことだ。オカルコと、会っていた？　飛ぶ直前に？

「……兄貴さっきから箸止まってるけど、食欲ないの？」

「あ、いや……なんでもない」

学は味もよくわからなくなったご飯をかき込むと、早々に部屋へ引き上げた。

新田深月の連絡先は優から手に入れた。彼女が中学一年のときに、バスケットボール部で部長を務めていたのが当時三年生の新田だったそうだ。本音メールを流行らせたのも新田だったらしい。その点は、オカルコの話と一致する。実際は、そのせいでオカルコと、そして黒木涼太という少年が、今の学たちと同じように人間関係を崩壊させてしまったわけだが、新田はその真相を知らない。ある意味、学たちよりも性質が悪いのかもしれない。

正直、わざわざ会って話したいとは思わない人物だったが、彼女がオカルコの自殺未遂になんらかの形で影響を与えたのなら――少なくとも、それがどんな形だったのかを知らないことには、オカルコになにもしてやれない気がする。彼女は当然、死のうと思って飛んだはずだ。屋上は危ないので常時立ち入り禁止になっている。わざわざ鍵を開けてそこへ行ったのなら、きっと最初から死ぬ意志があったのだ。それがいざ飛んでみたら、生き残ってしまった。オカルコが仮に怪我から全快して、学校へ戻ってきたとして、生きたいと思っていなければ意味がない。きっとまた、ネバーランドに飛んでいってしまう。それだけは、ダメだ。

だから会って確かめなければならない。

オカルコよりも先に、新田深月に。

彼女がオカルコの飛び降り事件を知っているかどうか確信がなかったので、メールの文面にはその旨を書かなかった。ただ、優から連絡先を聞いたこと、少し話がしたいということ——正直、このタイミングで話がしたいなんて、オカルコのことくらいしかないと向こうも気づくだろうが、仕方がない。これで断られたら、本人を待ち伏せようと思う。バスケットボール部に所属しているなら、学校には必ず来るはずだ。

そこまで微妙な覚悟をしていたが、返ってきた返事は普通に了承の旨を伝えるものだった。

『明日午前九時。駅前の喫茶店で』

八月二十九日。少し早めに駅前へ出る。夏休みも残り少ない駅前の商店街で、小学生くらいの子供たちが駆けていくのとすれ違う。あれくらいの年の頃には、こんなに色々なことで悩んだりしなかった。彼らが少し羨ましい。

約束の時間にはまだ早かったが喫茶店へ入ると、店の奥の方でちら、と手を振る人影があった。

白い手足。明るい茶染めの髪の毛。確かにくるんくるんとしている。バスケットボールをやっているにしては、ずいぶんとお洒落な子だなと思う。

「新田さん？」

確かめるように問うと、少女はうなずいて手前の席を指差した。

彼女が、新田深月……確かにちょっと、化粧が濃い。ケバイわけではないけれど。なんというか、女子高生にしては垢抜けすぎている気がする。けれど、背がすらりと高くて、大人びた服装の似合う彼女には、それくらいでちょうどいいのかもしれない。人からどういうふうに見られているのかを、よく知っている感じだった。翼やオカルコとは、正反対のタイプだ。

「へえー、やっぱり兄妹だね。似てる」

ひとしきりまじまじと学を眺めて、新田はぽつりとそう感想を漏らした。

「そう？」

「うん。こないだ妹ちゃんと会ったけど。どっちも美形だよね」

「さあ……優は母親似だけど、俺はどっちかっていうと親父寄りだし……」

背丈は、どちらもそこそこあって、見栄えはするけれど。そんなに似ていると思ったことはない。

「わたしさ、水島くんのこと、何度か見てるんだ」

新田はオレンジジュースを啜りながらメニューを渡してきた。学は店員にカフェオレを注文して、席に座る。

「なんで？」

「外のバスケットゴールでよくワン・オン・ワンやってるでしょ。あれ、けっこう目立つんだよ。バスケ部でちょくちょく話題になってる」

可笑しそうに笑われた。笑うと、年相応のまだ大人になりきれていないあどけなさみたいなものが顔に出る。

「四組の飯塚くんと、水島くん。どっちもけっこう上手いから、男子バスケに欲しいなって、よく言ってる」

「光栄だね」

学は苦笑いした。ただの遊びのバスケが、本気の人たちにそこまで評価されていたというのは意外だ。社交辞令なのかもしれないけれど。それこそ、上っ面の付き合いが上手な彼女なりの処世術なのかもしれないけれど。

「……話ってなに？」

そこらへんで世間話はいいだろうと思ったのか、新田が水を向けてきた。

「岡さんの――岡夜子さんのことで、ちょっと聞きたいことがある」

学は意識的に少女の目をまっすぐに見て、真剣な顔でそう言った。

新田は数秒、学の目を見返していたが、やがてぷいと逸らして窓の外に目をやった。

「……なんにも知らないわよ」

「え？」

「なんにも知らないって言ったの」

繰り返す声の温度が、みるみる下がっていく。仮面がはがれたな、と思う。

「わたしはなにも知らない。あの子がなにを思ってそうしたのかも、なにに悩んでたのかも、誰かを恨んでたとしても、全然、なにも知らない」

やはり、なんの話で呼び出されたのかはわかっていたらしい。それでいて呼び出しに応じてくれたあたり、悪い子ではないのだろうと学はぼんやり思った。

「なにがあったかは、知ってんの？」

「そりゃ……もうけっこう噂になってるし」

新田は不機嫌そうに頬杖をつく。それから不思議そうな、苛立ったような、そんな複雑な表情で学の方に目だけ向ける。

「なんなの？　なんで水島くんはそう、あいつの肩持つワケ？　あの子、けっこうヤな子だよ？　おとなしくて人がよさそうに見えるけど、中身はけっこう黒いよ？」

新田は知らない。オカルコと黒木が抱えていた秘密を。だから勘違いしている。しかしその勘違いを正すのは、難しい。イコール、本音メールを信じさせなければいけないからだ。

「なんか最近、ちょくちょく仲良くしてるって聞いてたけど、気があるの？　あんな地味な子のどこがいいのか、わかんない」

「……気があるとか、そういうんじゃないけど」

学はカフェオレの濁ったクリーム色を見つめながら、慎重に言葉を選んだ。

「悪い子じゃないのは、知ってるから」

「それが猫かぶってるだけだって言ってんの」

「それは、新田さんがそう思ってるだけだろ」

「実際にそうだっつの。わたしあいつと中学一緒なの。だから知ってるの！　中学のとき、裏切られたの！　だから……」

その話は、もちろん学も知っている。そしてその真相も……。だが、いったいどう言ったら信じてもらえるだろうか。本当に友だちの本音を教えてくれる本音メールがあるんだと。そのせいでオカルコは、知らなくていいことを知ってしまった。正確には黒木が知ってしまい、彼女はその巻き添えを食った。あまりにもタイミングが悪かった。本音メールはいつも、良くも悪くもタイミングがよく、そしてタイミングが悪い。

「とにかく、わたしはなんも知らないから。夜子が自殺しようがなにしようが、関係ないわ」

新田が決然と言い放つ。学は食い下がる。

「でもあの子が……その、飛ぶ前に、会ったんだろ？」

「会ったわよ。だからなに？　なんでわたしがなにか知ってると思うワケ？　死ぬ理由を話してくれたとでも思うの？」

思わない。オカルコは、誰にもなにも話さず飛んだ。だから本音メールがきたのだ。たぶん。

でも、彼女は新田と会った後に死のうと思った。そこには、なにか理由があるはずだ。新田に原因があるのだったら、オカルコの心の傷は、きっと新田にしか癒せない。

「お見舞いは、いったのか？」

一瞬、少女の顔に濁りが生じたような気がした。

「お見舞い？　いくわけないじゃない。これからだって、いくつもりはないわ」

新田深月はキッパリと言い放ち、素早く立ち上がると逃げるように喫茶店を出ていった。


喫茶店を出て、その足で病院へ行くと、病室にはすでに翼が来ていてベッドの横にちょこんと座っていた。

「新田さんは？」

学は首を横に振る。

「また、日を改めて訊いてみるよ」

「……目、あるの？」

「ある気がするよ。……たぶんだけど」

喫茶店を出たすぐ後、学はこんな本音メールを受信している。

『From:mizuki ——二十八日の夜、お見舞いにいった』

会って実際に話したことで、本音メールに友だちとして認識されたのだろう。新田の本音を受信したのはこれが初めてだった。たぶん、彼女の中にはちゃんと心配する気持ちがあるのだ。だったら、あとは意地の問題だろう。大地にしろ、新田にしろ、結局のところ意地の問題だ。

「まあ……どっちにしろ岡さんが目覚まさなかったら意味ないけどね」

翼がぼそっと言って、岡夜子の顔を見下ろす。

包帯の巻かれた頭。長い前髪がなくなっていた。閉じられた瞼の向こうを見ることはできない。学は未だに、彼女の目を直接見たことがない。

「あたしさ……岡さんに怒鳴っちゃった」

「いつ？」

「いつだろ……ああ、あのとき。自販機のとき」

自販機のとき。なんて言い方では、該当する瞬間はいくらでもありそうだったけれど、学はそれが、翼が大地を好きだと認めたあの日だとすぐにわかった。

「学が来る前に、岡さんが来て。それで……ちょっと揉めた。謝らなきゃって、ずっと思ってたんだけど、なんだか機会なくて、そうしてるうちに、こんなんなっちゃって……」

オカルコの顔を見つめる翼の横顔は、髪の毛の影でよく見えない。

「意識は？」

学は訊ねる。

「戻ってないって。体も、脳も、どこにも異常はないのに、魂だけが抜け出ちゃったみたいに、意識が帰ってこないんだって」

学は窓の外を見る。ネバーランドへ飛んでいってしまった子供たちを思う親の気持ちが、今はわかる気がした。肉体はここにあっても。岡夜子は、ここにいない。

病院の窓というのは大概が開かないし、開いたとしてもほんの少ししか開かない。ここの病室の窓は後者だった。学はなんとなく、開けられるだけ窓を開けた。翼が首を傾げる。

「なにしてるの？」

「帰ってきやすいように、って思って」

あれから、ピーターパンの原作を読んだのだ。両親は、子供たちがいつでも飛んで帰ってこられるように、子供部屋の窓を開け放していた。

「クーラー入ってるよ？」

「願掛け、願掛け」

学はそう言って、自分もベッドのそばに腰を下ろす。
病院の独特の雰囲気が、小さな病室にも満ち満ちている。命の気配が、濃いという
か。あるいは、死の気配が濃いのか。オカルコも、その境目をさまよっている。確か
に息をしているのに、なぜだか彼女からは命を感じない。白い包帯と、左腕の白いギ
プス、薄水色の病衣。淡い色彩は、オカルコが今にも夏に溶けて消えていってしまい
そうにも見える。
ブブッ
という振動音が重なった。翼のと、自分のケータイが、同時に震えていた。
『from:yoruko ——戻りたくない』
「戻りたくない?」
翼が首を傾げる。同じものを、受信したらしい。本音メールにはままあることだが
——しかしこれは、ドメインが違っていた。アドレスの末尾に tatemae.com と。そ
うある。
スクロールしていくと、続きがあった。
『このメールに返信すると、yoruko のタテマエを取り消すことができます』
「タテマエって、なに?」

「さあ……建前なんじゃね？」

今となってはどうでもいい気がして、学は曖昧に返しながらオカルコの寝顔を見やる。戻りたくない、という建前。まるで、今の彼女自身の状況を表しているような。体にも、脳にも問題はないのに、彼女自身がこちらの世界に戻りたくない、と思っているから戻ってこれない――。

「それが建前だって？」

翼は眉根にしわを寄せていた。

「じゃあ本音は？」

「戻ってきたい、のかも」

「ならなんでその本音メールがこないの？　なんで岡さんは戻ってこないの？」

「……建前と本音の区別が、自分でもついてないんじゃないのかな」

なんとなく、わかる気がする。オカルコにはそういうところがある。言ってしまえば、思い込み、だ。本当は友だちを作りたいのに、意地みたいに作ろうとしない。本当は寂しいのに、一人でいようとする。それが自分の建前だと、本当はわかっているくせに、自分の本音だということにして、貫き通してしまう。そうしているうちに、本音を見失って、建前だけが残って、それが本音になってしまった。

「……じゃあ、返信する？」

　翼が訊いた。

「戻りたくない、っていう建前を消したら、岡さん、戻ってこれる？」

「かもしれない」

　言いつつ、学はそのメールのアドレス詳細を確認した。予感があったのだ。

「……でも、俺たち二人だけじゃダメみたいだ」

　取り消しのルール。同じメールを受信した者が複数いる場合、その全員が返信しないと取り消しは成立しない。本音メールのルールだけれど、おそらくは建前メールでも同じことだと思う。

　アドレス欄を見ると、知っているアドレスが三つ、それから知らないアドレスが一つあった。合計四つ。知らない一つは置いておいて、自分のと、翼のと、それと知っているもう一つは、

「大地のだ……」

　翼がぽつりとつぶやいた。学は浅くうなずいた。

　院内では電話できる場所は限られている。病室を辞し、建物の外に出てから、学は

深呼吸を一つして大地のケータイに電話をかけた。

聞き慣れた無機質な呼び出し音。十回鳴って、アナウンスが切り替わる。

『ただいま電話に出ることができません――』

「あんの、バカ野郎」

学は唸りながら通話を切る。着信があるのには、確実に気づいているはずなのだ。

先日から何度も電話しているのだから。

無視、してやがる。メールもきっと見ていない。

じゃあどうする？　……そんなの、一つしかない。

学は翼の目を見て言った。

「……翼。俺、明日、大地ン家行くわ」

今度は自分が大地に電話をかけようとしていたらしい翼が、目を見張った。

「遠いよ、あれ。あの住所、すごく遠いよ」

以前の本音メールに記載があった住所。確かに、とても遠い。

「早起きするさ」

学は言った。

「お金は？」

「飛行機とか使わなきゃ大丈夫だろ」

「道わかるの？」

「迷ったら人に聞く」

「大地に会って、どうするの？」

「殴る」

というのは冗談だったけれど、その一言で翼は少し声の強張りを解いた。

「……いいね。あたしも殴りたい」

きっとそれも冗談だけれど、でもいい口実だと思った。

友だちを一発殴るために、遠い遠い引っ越し先まで旅をする。そういう青臭いシチュエーションは、嫌いじゃない。

このまま別れてしまったら、自分たちは永遠に、高校時代に忘れ物をしてきてしまうだろう。だから、殴りにいくのだ。


八月三十日。明日にはもう夏休みが終わるというのに、学は翼と連れ立って地元を離れた。飛行機に乗る財力なんてないから、新幹線とローカル線を乗り継いでガタンゴトンと揺られながら四時間と少し。住み慣れた町を離れて、知らない町の土を踏む。

知らない町の空気を嗅ぐ。知らない町の、海を眺める。妙に遠くへ来た気になって、潮の匂いにセンチメンタルな気配を嗅ぎ取る。水平線上に浮かぶ、真っ白な入道雲を声もなく見つめる。全身で、夏の息遣いを感じる。

「海だ」

翼がつぶやいた。彼女の言うとおり、段々状になった町並みの先に、海が広がっていた。

大地は今、この町にいる。海と緑に囲まれた自然豊かな風景は、どことなくネバーランドを彷彿（ほうふつ）とさせた。

五、さよならネバーランド

その日は一日中、ケータイがひっきりなしに唸っていた。途中でサイレントモードに切り替え、机の隅に放り投げて、飯塚大地は無言の叫びに耳を塞いでいた。

わかっている。学と翼からだということは。あるいは、本音メールだということは。だからこそ、嫌だ。見たくない。二人はきっと、気づいてしまった。たぶん怒っている。なにを言われているのか、怖くて見れなかった。

「大地ー、少しは部屋片付けなさいよー」

母親の声が部屋の外を通り過ぎていく。大地は畳張りの自室に積まれた段ボールの山を見て、深々とため息をついた。

引っ越してから、数日になる。前の住所からは、いくつも県をまたいだ海沿いの田舎町。新しい住所は、母親の実家だった。独り身の祖父——つまりは母の父が体調を崩して、しかし頑固なものだから都会に引っ越してくるつもりはないらしく、面倒を見るために母の方が引っ越すことになり、大地はそのオマケだった。父親は単身赴任。残るという選択肢がないわけでもなかったけれど、母親の方が大変になるであろうことは大地にも察しがついて、ついていくことを選んだ。

そのことは、学たちにちゃんと話すつもりでいたのだ。夏休みの間、ずっと。でも機会をうかがっているうちに時間はどんどん過ぎて、ちゃっかり本音メールがバラしてくれればいいのになんて期待しつつ、件のメールは肝心なことはまるで伝えてくれなくて。

——自分で言え、って言われているみたいだ。

そんなことを思いつつも言えずにいるうち、喧嘩をしてしまって、言い損ねて、何も言わずに出てきてしまった。そりゃあの二人だって怒るだろう。今頃カンカンだ。あんな別れ方をしてしまったのだから、なおさら。

——今さら会わす顔なんてないよな。

会うこともないのだろう、と思うけれど。なにしろ、めちゃくちゃ遠い。あっちは住所だって知らない。こっちから出向けば会えるかもしれないけれど、大地にはその気もない。会わす顔がないのだから、当然。

どうにもならない。だから、繋がりを断ち切るしかない。

机の上で、ケータイのランプがチカチカと光った。着信だ——どっちかからの。電源を切ったら、向こうもそれがわかってしまう。なんとなく、そこまで拒絶していると思われるのは嫌で、切らずにいたけれど、そういう中途半端な気持ちが一番ダメなのかもしれない。

LEDの点滅が途切れるや否や、大地は飛び起きてケータイを引っ掴み、なにかを断ち切るみたいに電源を切った。


田舎だ。とても。

小さな町。海水浴場には向かなそうな小さな浜と、それに沿うようにして走る県道。そこから、ぽつぽつと古びた家々が並び、段々状に山の斜面に集落を形成している。山間に、線路が走っていて、この町にも駅はある。一時間に二、三本しか電車が来ないような駅だ。線路は一本しかない——いわゆる単線で、ここらでは駅と駅の間に、すれ違えるように二又になっている信号場がいくつかある。

実家は、山の上の方にあった。閑散とした町並みの、さらに閑散としている地区。山の中をぐねぐねと蛇行する道路をさらに上まで登っていくと、牧場がある。大して広くもない、規模もない、なんとなく開けた草原になんとなく牛を放ったような、ちっぽけな牧場だ。

引っ越してきてから、大地はよくそこへ行っていた。昔から、静かな場所は好きだった。幼稚園のトイレとか、小学校の飼育小屋とか、中学校の屋上とか……別にいじめられていたわけでもないのに、逃げ込むように、あるいは誘い込まれるようにして人のいない場所へ行くクセがあった。人付き合いはずっと苦手だ。ただの形としての会話なら、別に問題ないけれど。自分の気持ちを語ったり、相手のことを知る――いわゆるコミュニケーションとしての会話は、あまり得意じゃない。

だから逃げるみたいにして、誰もいない場所へ行く。牧場には牛しかいない。牛はしゃべらない。それがいい。

――でも本当は、そうじゃないのを、大地自身も心のどこかでわかっている。

本当は、誰かに声をかけてほしいのだ。寂しがりなのだ。誰もいない場所へ行くくせに、誰かに見つけてほしいのだ……。意地が邪魔をして、絶対口にはできないけれど。

ポケットには、ケータイの重みがある。電源を切ったなら置いてくればいいのに、持ってきてしまうあたり結局捨てきれていない。自分のそういう部分を、大地は醜いと感じる。だいたいのことには自覚があるのだ。自覚があって直せないから、自己嫌悪に陥る。

牧草地の上に仰向けに寝転がると、午後四時の空がパノラマで広がる。遮蔽物は一切ない。ビルも、木々も、雲も、飛行機も、なにもない。

それくらい、なにもかも捨て去ることができたなら。雲一つない真っ青な夏空みたいに、爽やかな気持ちになれたのだろうか。

*

寝転がっているうちに眠ってしまったらしい。

変な夢を見た。

夢の中でも、大地は牧草地の上に寝そべっている。そこに、学と翼がやってくるのだ。二人は大地を見つけて、なにやら渋い顔で相談を始める。ほんの五十メートルほど先で寝転がっている大地のところまで、風に乗って会話の内容が聞こえてくる。

「一発目は、俺な」

学が翼に言った。そして、なぜかクラウチングスタートの体勢を取る。

「いいよ。あたし、キックにするから」

翼が不敵に笑うのが聞こえた。キック？　大地が訝しむのを尻目に、学が小さくうなずいて、腰を持ち上げる。

「GO！」

翼が叫んだ瞬間、学が地面を蹴る。

走る、走る、走る。モンゴル平原を駆ける馬みたいに、学の体は牧草地を疾駆する。まるでハードル走みたいに柵を越え、牛を避け、大地の寝ているところまで一直線に向かってくる。

距離、四十メートル。大地の耳元では午後の風が唸っている。学がなにか言っていても、聞こえない、聞こえない。ザッ、ザッという彼の足音と、風の声と、翼がなにか怒鳴っているのしか、わからない。

三十メートル。学はただひた走る。途中で拳を握り固める。大地はその表情に気づく。鬼のような形相だった。眠っているはずの自分の体が、びくっと身じろぎする。

二十メートル。学の声が聞こえる。

「ひっさつ」

――待てよ学、おまえ、なにする気だ。

十メートル。学が拳を振りかぶる。

――ちょっと待て。まさかいきなり殴るとか、そんなヤンキーみたいな真似は、
五。地面を蹴った。学の口が怒号とともになにやら技名を叫んだ。

「わかった！　オレが悪かった！　だから、」

その振り絞るような声が、自分の喉から出ているのに大地は気がつく。

二。

「もう、遅いっ！」

ゼロ。

怒鳴り声とともに、学が盛大に拳を振り抜いた。

バキャッ

とでも表現しようか。それはもう、いい音がした。

*

目を開けると、学と翼の顔が覗き込んでいた。

　夢じゃ、ない。

　いったい、どこから現実だったのだろう。殴られたのは事実だ。頬にはジンジンとした痛みが残っている。でも夢の中で、大地は眠っている自分を見下ろしていたはずだった。まるで魂だけ抜け出して、抜け殻の自分を見ているみたいに。だから、眠っているはずなのに、学と翼の姿はずっと見えていた。五十メートル先の会話だって聞こえていた。

　でも気がつくと意識が自分自身の体の中に入っていて……いや、重要なのはそんなことじゃないのだろう。

「なんで、いんだよ」

　ようやく出た声は、我ながら情けないほどに震えていた。

「来たから、いるんでしょ」

　翼がしかめ面で言う。なんだか久しぶりに見た青ジャージと、まっすぐなショートカット。なぜか涙腺が緩みそうになる。

「夢じゃないよ。まだ寝ぼけてんの？」

　ぎゅーっと頬をつねられると、鋭い痛みが皮膚を走り抜けた。大地はしかめ面で翼の手を振り払う。

学に殴られた後、宣言通り、翼のキックも食らった。だから腰も痛い。怒っていいのはこっちのハズだ。それなのに、大地の中には強い罪悪感があって、二人の顔をまともに見れない。

「なんで場所わかった？」

うつむいたまま質問を投げた。

「大地が教えてくれた」

学が見せてきたのは、ケータイの画面だった。確かに住所が載っている。本音メールだった。

「本音まで不器用だよな、大地は。住所だけ投げつけて、来いって言ってるみたいだった」

大地は盛大に鼻を鳴らす。半分くらいは、ため息だったかもしれない。

「っとに余計なことばっか教えてくれるメールだな。やけに電話とメールがしつこいと思ったらそういうことか……」

これが、自分の本音だというのか。結局。自覚があった通り、自分を見つけてほしくて、その気持ちが本音メールに住所を送らせたというのか。……そうなのかもしれない。

「なんで言わなかったんだよ」

大地は顔を上げた。学の真剣な顔も、久しぶりに見た気がする。殴られたときに意地という鎧（よろい）も砕け散ったのか、もう虚栄を張る気力も湧かなかった。

「言えなかった。タイミングが、つかめなくて。言ったら色々……めんどくさそうで。見送りとか、されたくなかったし……それになんか、喧嘩しちまったし」

「なーんだ。やっぱり、そんな理由か」

学は呆れたみたいに笑う。

そりゃ、呆れるだろう。学や翼には、きっとわからない。素直で、正直で、自分の気持ちを率直に吐き出せる二人には。

「そんなことねえよ」

学が言った。口に出ていたらしい。

「俺だって、あんま上手くないよ。翼だって、なあ？」

なぜか翼が顔を赤くして学の足を踏んづけている。

「でもやっぱりさ、言わないとわかんねえことって、あるよ」

痛そうにしつつ、しみじみ言う学の顔は、なんだか一回り大きくなったように見えた。ここ数日で、なにか思うところでもあったのだろうか。大地はおかしいような、つまらないような、変な気持ちになって、曖昧に笑うしかできない。それでも、ちゃんと自分の口から自分の気持ちが出てくるのを聞いて、気まずい空気と一緒にきちんと咀嚼して飲み込むと、なんだかこれでよかったような気もした。

こうするべきだった。ずっと前から。いざ口にしてしまえば、なんでもないことだった。

「……そうだな」

大地はうなずいた。

——言わないと、わからないこともある。

大地には、悩みを抱え込むクセがある。それが深刻であればあるほど、自分一人でなんとかしようとする。ヘタに要領がいいから、自分にできないことがあるのが嫌なのだ。思い切って言おうとしても、そのプライドが、意地が、邪魔をする。だから言わない。相談しない。誰にも知られないように、箱にしまって、鍵をかけて、大事に抱え込んで隠し持つ。一人で大丈夫だとか、あいつは忙しいからとか、それらしい理由をつけて、誰にも決して見せようとしない。

そのくせ、心のどこかではわかってほしいとも思っているのだ。ＳＯＳのサインを、無意識に発している。抱え込んでいるものに、気づいてほしいと思っている。でも

——そう、言わないと、わからないことだってある。

人間に言葉があるのは、伝えるためだ。テレパシーがあったら、言葉なんていらない。思うだけで伝わるなら、最初から言葉なんていらないのだ。

——本音メールに、そんなことを教えられた気がするのは、なんだか皮肉だな。

大地は一人苦笑しながら、学と翼に向き直った。

「……それで？」

「え？」

二人がキョトンとするので、大地はため息をつく。

「ただオレ殴りにきただけってことはないだろ、用件はなんだ」

途端に、学と翼の表情が曇った。


——一昨日、オカルコが屋上から飛んだんだ。

学の言葉が、とっさには理解できなかった。

「あのさ、大地、最近本音メール見てる？」

「……見てたら、おまえらに捕まったりしなかったと思うけどな」

「うん。だよね」

翼が神妙にうなずく。それから、急に黙りこくってしまう。

「その、飛んだってのは、自殺って意味か……？」

恐々訊ねると、学が慌てたみたいに手を振った。

「いや、大丈夫。生きてるから。……死に損なったって、言うべきなのかもしんないけど、とにかく生きてるから。ただ、意識が戻んなくて……オカルコは、戻りたくないって言ってて」

ツッコミどころが多すぎて、大地は額に手を当てる。

「意識ねえのに口でそう言ったのか？　そもそも戻りたくないってどこからだよ」

「……ネバーランド？」

学は真顔だ。ネバーランド？

「ああいや、モノのたとえで。そのー、つまり……こういうメール、大地のとこにもきてるだろってハナシ」

要領よく話せなくなった学が、めんどくさいとばかりにケータイの画面を見せてくる。

『From:yoruko ——戻りたくない』

「これさ、建前メールみたいなんだよね」

学はやはり真顔で言う。

建前メール。なんだ、それは。本音メールではないのか。しかもよく見ると、続きにはどこかで見たような返信すると云々の注意書きまでついている。

「たぶん、オカルコの意識は、これが本音だって思ってるんだ。だから戻りたくないって思いこんで、戻ってこない。でもこのメールのドメイン、タテマエ・ドット・コムになってるんだ。だからきっと、これは本音じゃなくて……」

「つまり、本音は別にある……と？」

学はうなずく。

本音と建前。基本的には、対極だ。戻りたくないの反対は――戻りたい。

「この建前を消したいんだ。だから、大地も返信してほしくて……」

学の眼差しはこれ以上なく真剣だ。

戻りたくないという、オカルコの建前を消すために。そのためだけに、わざわざ連絡のつかなくなった友人のところまでやってきて、ついでのようにバカなその友人を殴ったりして。

ポケットからケータイを取り出して電源を入れながら、大地はつい笑ってしまった。

「……ホント、お人好しだよ、おまえは」

＊＊＊

水島学からそのメールがきたのは、八月三十一日の早朝のことだった。

『黒木涼太に連絡を取ってほしい。アドレスは知ってる――』

その後に誰かのものと思しきアドレスと、タテマエメールに返信させろ、という謎の指示がついていた。

新田深月は顔をしかめて、やりかけの夏休みの宿題をよそに、そのメールをまるまる十秒は見つめていた。

涼太の、連絡先？

なんで水島が知っているのだろう。指示もわけがわからない。なぜ自分が、こんなことをしなくてはならない？

しかし同時に、これがもし本当に涼太の連絡先だったら……という思いも湧き起こる。中学卒業以来連絡がつかなくなってしまった深月にとって、涼太の連絡先は喉から手が出るほど欲しいものだった。

連絡が取れるのなら……取りたい。色々と、聞きたいこともある。

なにより、夜子のことを、知らせなければならないと思う。深月はもう、夜子との縁を切ってしまったけれど。でも涼太にとっては今でも、岡夜子は友人のハズだから。

夜子が屋上から飛び降りた、と聞いたとき、深月は心臓が縮みあがる思いがした。直前に会っていたというのもあるし、彼女には意地悪をしている自覚もあったから——けれどまさか、死にたいと思っているほどだとは、思っていなかった。

中学二年生の春。その年のクラス替えで深月は初めて夜子と同じクラスになった。それはもう暗い女の子だったのをよく覚えている。長い前髪。おどおどした態度。小さな声。猫背。折っていないであろうスカート丈も、ろくに手入れもしていないであろうボサボサとした髪の毛も、なにもかもがダサかった。

ただ、目だけはとても綺麗だった。大きくて、キラキラとした丸い瞳。長い前髪で隠れているのが、もったいないと思った。

「夜子はさー、もっとオシャレしなきゃ。せっかく目綺麗なんだから、見せた方がいいよ」

席が近かったのでそれとなく声をかけ、どさくさに紛れてイメチェンさせようとしたのは本当にそれだけの理由だ。深月自身、彼女の目を直接見てみたかったのだ。

「でも……ぎょろってしてるし」

「そう思って隠すからバカにされんの。ぎょろっとなんてしてない。目が大きいって、女の子にとっては羨ましいことなんだよ？　ほら、こうやって前髪分けてさ……」

ベールを剝ぐみたいに前髪を分けると、白い小さなおでこの下に、宝石が二つ埋まっているかのようだった。まさしく、ラピスラズリの原石だ。

夜子はあまり乗り気でなかったが、深月は彼女のイメチェンを敢行した。もともと素材はいいのだ。ちょっとおしゃれをすれば、見違えるように綺麗になる確信があった。髪の色を少し抜いて、茶色っぽくして。鬱陶しい前髪は切って、目が見えるようにして。それから、ちょっとアイロンで巻いて。眉毛を整えて、スカートの折り方を教えて、化粧の仕方も指導して。

でも結局のところ、彼女の武器はやはり目だった。夜子の目はとても綺麗だ。その名前の通り、夜の星空みたいに、キラキラとしている。磨き上げたラピスラズリは文字通りの宝石だった。磨いた自分でもびっくりするくらい、夜子は綺麗な女の子になった。

それがきっかけになって、よく一緒にいるようになった。女子校だったせいもあるかもしれないが、二人でいるとなんだか姉妹みたいだね、とよく笑われた。引っ込み思案な夜子が、何かと豪気な深月の後ろに隠れていると、確かに妹みたいに見える。血のつながりはともかくとして、あの頃の自分たちは、実際それくらいに仲がよかった。

中学のとき、深月は黒木涼太のことが好きだった。涼太が自分のことをどう思っていたのかは知らない。なんとも思っていなかったのかもしれないし、少しくらいは気にしてくれていたのかもしれない。

バスケットボールが上手で、勉強もそこそこできて、ちょっぴり人見知り。よくしゃべる深月とは、わりと対極のタイプだった。ストイックで、自分に厳しくて、他人には優しい。基本は物静かで、文学青年風だったから、なんとなく夜子とは気が合いそうだと思って、三年の春に紹介した。別に、カノジョにどう？　というわけではなくて。ただ単純に、友だちとして。三人で遊べるように、と。

でも涼太は、夜子のことが好きだったのかもしれない。

夜子も涼太と気が合っていたみたいだった。三人でいると、どうしても深月と涼太がしゃべりがちになるけれど、たまに深月がトイレなんかで席を外して、戻ってくると、二人がとても楽しげに話していることがあった。

嫉妬。

してなかったといえば、ウソになるのかもしれない。

でも別に、夜子に涼太を取られるなんて思っていたわけではなかった。夜子にはそんな度胸も勇気もないことを、深月はわかっていた。……わかっていた、つもりだった。

中学最後の年。確か、夏休みの後だった。涼太と夜子が、町で二人でいるのを見かけた。初めて、焦りを感じた。後を追っけるなんて悪趣味だと思ったけれど、やめられなかった。

そして、二人の会話を盗み聞きして――。

あのとき、夜子がどうやって自分の気持ちを知っていたのかは未だに謎だ。それっきり涼太とは連絡が取れなくなってしまったし、夜子とは自ら縁を切った。あれからずっと、夜子は誰とも友だちになろうとせず、中学一年の頃と同じように一人きりで過ごしている。それが自分に対する贖罪（しょくざい）のつもりなのか、それとも単に元の人見知りに戻ってしまっただけなのか――いずれにせよ深月は、彼女に対しては相当に冷たく当たってきた。あれだけよくしてあげたのに、裏切るなんて、許せない！　と。

でもそれが、元をたどれば嫉妬だということに、なんとなく気がついてもいる。

あのとき涼太は夜子になにかを相談していたようだった。その相手が、自分ではなく夜子だったことに、深月はとてつもなく嫉妬したのだ。


そのときの嫉妬が、今や夜子を屋上から飛ばせるまでに育ってしまったというのだろうか。深月は戦慄する。自分が夜子を殺したのだと、頭の片隅に、そう囁く声がある。罪の意識に押しつぶされそうになって、今さらのように自分の醜さを自覚する。

最終的に怪しみながらも、水島学からのメールに記載されていたアドレスにメールを送ってしまったのは、藁にも縋るなんとやらだったのかもしれない。

深月は散々悩んでから、こんなふうにメールの出だしを打った。

『こんにちは。新田深月です。久しぶり――』

＊　＊　＊

「なんであれが黒木涼太のアドレスだってわかったの？」

新田深月にメールを送って一息つくと、翼が今さらのことを訊いてきた。学はカフェオレをストローでかき回しながら肩をすくめる。

「だって、他にいないだろ、本音メール受信できて、岡さんの知り合いなんて」

駅前の喫茶店に、三人でしけこむのはなんだか久しぶりだ。大地は別にメールだけ返信してくれればよかったのに、わざわざ一緒にきてくれた。なんだかんだ言いつつ、そういうところがいいやつなんだよなと思う。オカルコがクラスメイトだということも、無関係ではないのだろうけれど。

「それにあのアドレス、イニシャル入ってるじゃねえか。R・Kってどう考えても涼太黒木の略だろ」

その大地が口を挟む。大地はいつもブレンドだ。

「まあ……そうかもだけど」

翼は不満顔でココアをずずーっと啜る。もし間違っていたら、どうするの、とでも言いたげに。しかし、学には確信があった。あれは絶対に黒木涼太のアドレスだ。別に、なんの証拠もないけれど。そう、思うのだ。

「でも黒木涼太のだってわかってたんなら、学が送ればよかったじゃん。そもそも、新田さんが黒木涼太にちゃんと連絡取るかなんてわかんないじゃん」

「取るよ。きっと」

学は数日前に受信したメールを思い返す。

『From:mizuki ――二十八日の夜、お見舞いにいった』

こっそりお見舞いにいくくらい、心配しているのなら。黒木涼太にだって、知らせたいはずだ。口で言っているほど、あの子はオカルコのことが嫌いじゃない。

「っていうかさ、わざわざ新田さんを介する理由って、なに？」

「……俺が連絡取っても、新田さんが連絡取っても、結果は同じかもしれないけど」

でもたぶん、結果の後が、違う。

岡夜子が目覚めたとして。そのとき、ベッドの脇に新田深月がいるかどうかは、きっととても大きな問題だと思う。

「まあ、ダメだったらそのときは俺が連絡取ればいい話だし」

学は笑ってそう言うと、翼が呆れたように肩をすくめた。

「お人好し」

大地も唸るように言った。

「ホントになー」

学は自嘲気味に笑う。

「なんも言わないでいなくなっちまうバカのためにド田舎まで行ってとんぼがえりだもんなあ」

ぐ、と大地が苦虫を噛み潰したような顔になった。翼がニヤニヤしている。

「……オレたちもさっさと送ろうぜ」

誤魔化すように大地が言って、ケータイを取り出した。

『このメールに返信すると、yoruko のタテマエを取り消すことができます』

三人で顔を見合わせて、なんとなくうなずき合う。赤外線でアドレスを交換するみたいに、互いに互いのケータイの先端を突き合わせて。いつかみたいに、翼が合図の声を張った。

「せーのっ、ぽちっとな！」

＊　＊　＊

ガチャリ。

鳥かごの鍵が鳴って、私はぱっと目を開けた。抜け殻の寝ている病室のすぐ外。誰にも見えない、透明な檻の中。透明な私。でも確かに、鍵が一つ外れていた。

……どうして？

鍵は、五つあった。そのうちの一つが開いている。私をここから出そうとしている人がいる？　いったい、誰が。

病室には、誰もいない。私の抜け殻だけが静かに横たわっている。戻りたいなんて思わない。あんな体。あんな世界。

ガチャン、ガチャン

さらに二つ、鍵が外れた。私はびくりとして後ずさる。鳥かごに背をくっつけて、残る二つの鍵を凝視する。

ガチャン

さらに、もう一つ。

ブブッ、ブブッ、ブブッ

立て続けにポケットの中のケータイが唸った。半透明の、ケータイの幽霊が、メールの幽霊を受信している。

すべて件名が、Ｒｅ：で始まっていた。

『From:gaku ——帰ってこいよ』

『From:tsubasa ——またお祭りいこう』

『From:taichi ――起きろ寝ぼすけ』

私はクスリと笑いをもらした。それからふと、笑えることに気がつく。

私、まだ、笑えたのか。

不思議な気持ちで、次のメールを眺める。

『From:ryota ――死なないで』

死なないで。

涼太からのメール。とても久しぶりのはずなのに、懐かしい感じがしなかった。当たり前のように、受け入れられた。

死なないで。

私は、死にたかったのだろうか。だったらどうして、この場所に留まっているのだろう。生でもない、死でもない、こんな中途半端な場所で、いつまでも未練がましく自分の抜け殻を眺めているのだろう。

チラリ、と鳥かごの扉を見つめる。そこには、最後の鍵が残っている。一番大きくて、頑丈そうなやつだ。あれは、誰が開けてくれるのだろう――そう考えて、いつしか自分がそれを期待していることに気がつく。

ブブッ

また、メールが届く。これは、Re：ではなかった。

『From:mizuki ——ちゃんと謝らせて』

深月？

でも鍵は、まだ開いていない。きっとみんなの返信が、鍵を壊してくれている。でも深月は——ああそうか、彼女は本音メールに選ばれていないから。このメールは、イレギュラーだ。鍵を壊す力はない。じゃあ、最後の一つは——

そう思ったとき、私はふと自分がどうしてこの檻に閉じ込められたのかを思い出した。戻りたくない。そう願ったとき、その願いが自分をこの檻に閉じ込めたのだ。

……そうか。

『From:yoruko ——戻りたくない』

少し前に受信した、自分からの建前メール。

結局それは、本当に、ただの建前だった。

先を読まずに、私はそのメールに返信した。

ガシャンッ

最後の鍵が、乾いた音を立て、砕け散った。同時に透明な携帯電話も、粉々に砕け、ガラスの破片となって四散した。心の中にあった、戻りたくないという気持ちがすっと消えて、死にたくないという本音がふっと顔を覗かせるのがわかった。

鳥かごの扉が開く。私はふわふわと宙に彷徨(さまよ)い出(だ)す。

抜け殻の体が見えた。

窓が開いている。ほんの少しだけ、隙間が。ネバーランドから戻ってきたウェンディたちを迎えた、ダーリング邸の子供部屋の窓のように——。

*

目を覚ましたとき、体に奇妙な浮遊感があった。

見知らぬ天井。埃をかぶった古い蛍光灯。カレンダーの日付は八月三十一日。妙に視界がはっきりしていると思ったら、前髪がない。そのことに一番焦った。夜子は身を起こして、頭を触り、なにかごわごわとしたもので自分の頭が覆われていることと、左腕が動かないことに気がついた。

見知らぬベッドの上。見知らぬ壁。見知らぬ窓。よく知っている、夏の空。窓が少し開いている。爽やかな風が吹き込んでくる。

眠っていたのか。なぜ自分がここにいるのか、よく思い出せない。頭はぼわーっとしていて、残り少ない電池で動く電化製品みたいに動きが鈍い。

とても長い夢を見ていた気がする。

夜子は心臓の上に手を置いて、自分の鼓動を確かめた。

「ただいま……」

＊　＊　＊

彼女の意識が戻ったと知らされたのは八月三十一日の夕刻だった。

面会の約束を取り付けて、自転車で汗をかきながら病院へと向かう。病室へ赴くと、オカルコは包帯でぐるぐる巻きになって、可動式のベッドの上に、上半身を起こして横たわっていた。

「岡さん？」

名前を呼ぶと、日が沈みつつある窓の外をぼんやり眺めていた彼女は振り返って、焦点を合わせるみたいに二、三度瞬(まばた)きをした。

「水島くん……？」

長い前髪のない、オカルコの顔は、異様に小さく見える。頭には包帯が巻かれていて、頬には大きな擦り傷がある。左腕は折れているのだと聞いた。痛々しい格好のはずなのに、ズキッとした痛みを感じる前に彼女の目に視線が引き寄せられた。これが初めてだ。彼女の目を、真正面から、直接見るのは。

鏡みたいに、世界をそのままに映す大きな瞳。自分の姿が綺麗に映っているのが見えた。

「よかった。わかるんだ」

学は無理矢理に笑みを浮かべた。笑うのは少し、難しい。

もう夏休みが終わる。夏も、すでに去り始めている。すぐに二学期が始まって、でも彼女はきっと元のようには学校生活へ戻っていけないだろう。

花壇が——常日頃から大切に世話をしてきた花壇が、奇跡的にクッションになって、屋上という高さから後ろ向きに落ちた彼女を救った。着地時に左腕が花壇の縁に打ちつけられて、それで折れてしまった。他にも落下の衝撃で体にはあちこち怪我をしている。

それでも、奇跡だ。命があるというだけで十分に。彼女の体が押しつぶしたたくさんの花たちが、まるで生きろと言ったみたいだと、病院まで付き添ったという生物の先生が言っていた。

それでも、学はその奇跡を素直に喜べない。

彼女は自殺しようとした。その事実は、変わらない。死のうとした。命を断とうとした。その事実は、命が救われた喜びを上回って、学の心を苦しめる。

「……なんであんなことしたの」

それを自分に訊く権利が果たしてあるだろうか。死のうとするまで追い詰められていた彼女に、なにもできなかった自分に。

「深月が……」

掠れた声が、オカルコの口から零れ落ちた。

「いなくなっちゃえばいいのに、って……」

泣きそうな声だった。

「そんなこと言われたのか？」

少女は首を横に振る。

「メールが……」

右腕で、彼女はベッドの脇を指差した。色とりどりの花が飾られた花瓶の横に、ひび割れたケータイが置かれていた。オカルコのものだ。

「見ていい？」

彼女は黙ってうなずき、ロックを解除して渡してくれた。

壊れてはいなかった。折り畳み式のシンプルな白いケータイ。開くと中の画面にもひびが入っていた。画面は点いている。残り電池量五パーセント、開かれたままのメール画面には、見覚えのあるメッセージ。

『From:mizuki ——いなくなっちゃえばいいのに』

なんとなく確信を持って、学はアドレスのドメインを確認した。案の定それは、タテマエ・ドット・コムと表示されていた。

「これさ……建前メールだよ」

「タテマエ……？」

「ホンネじゃない。その逆」

少女は曖昧な表情を作った。

「本音とか、建前とか、たぶん関係なかったよ……それは深月からのメールだったけど、私自身の言葉みたいに思えて。いなくなっちゃえばいいって、自分自身に、耳元で、囁かれたような気がした。それで……」

「それで……？」

言いよどんだオカルコは、そこでぱっと目を逸らす。

「飛び、ました……ごめんなさい」

学は胸の中で、ふつふつと、小さな怒りが沸き起こるのを感じた。

「なんで謝んの？」

「……迷惑とか、心配とか、かけて」

「わかってるんなら、やるなよ。謝るくらいなら、やるなよ」

少しキツイ口調になった。止められなかった自分に、言う資格はないのかもしれないけれど。

「……ウン」

オカルコの声はか細かった。声だけでなく、体まで消えいってしまいそうに、儚かった。

開いている病院の窓から、ツクツクホウシの鳴き声が聞こえてくる。

「私ね」

窓の外を見ながら、オカルコがぽつりと言った。学に言っているのだろうけれど、どこか独り言のようでもあった。

「ずっと、深月はいつか許してくれるんじゃないかって思ってた」

いつか許してくれる。自分が深月とのことを反省して、人間関係を断って、友だちを作らないようにして、あのことを反省している、反省している、そう殊勝な態度を取り続けていれば、いつか許してくれるのだと思っていた。自分が友だちを作れないのは、期限付きの罰なのだと思っていた。本当はいつか、深月と仲直りして、また前髪を切って、元に戻れるのだと――心の奥底のどこかで、そんなふうに期待していたからこそ、耐えられる孤独だった。いつまでも続くはずがない、そんなふうに思っていたからこそ、一人でいられたのだ、と。

――でも。

オカルコは悲しげに微笑む。

「深月はね、きっと一生許してくれないんだなって思ったら。そうしたら、私なんて、いなくなっても同じじゃないかって。いなくなっちゃえばいいんじゃないかって。そう、思ってしまったの」

オカルコは淡々と語る。悲しいことほど、平然とした口調でしゃべる。

「そんなやつ、無視して、友だち作っちまえばいいじゃん」

オカルコはかぶりを振った。

「私は、友だちがほしいっていうより、深月と友だちでいたかったんだと思う」

「そのために、他の人と友だちになれる可能性をすべて切り捨ててでも？」

窓の方を向いている彼女の顔は見えない。その質問に、オカルコは答えなかったし、うなずいたり、首を横に振ったりもしなかった。それが逆に、答えになっているような気もした。

学はため息をつくと、やおら後ろを振り向いて病室の扉に声をかけた。

「……らしいよ、新田さん」

のろのろと開いた扉の隙間から、新田は恐々病室を覗いていた。

「夜子……？」

「深月……？」

オカルコは目を丸くしていた。

——自分のことがわかる。

そのことに、新田はなにを思ったのだろう。病室の敷居をまたぐ間もなく膝から崩れ落ち、安堵か、失望か、よくわからない深いため息をついてうつむいてしまう。

その後ろから病室に入ってきたのは、見知らぬ少年だった。スポーティな黒髪に、運動部を彷彿とさせる引き締まった体軀。学はそれが黒木涼太だと、すでに知っていた。

「涼太？」

「……久しぶり」

目を白黒させるオカルコに、黒木は曖昧に笑ってみせる。久々の再会が病室なのだから、無理もないのだろうけれど。強張った笑顔は、かつての友人に対するそれにしては、あまりにぎこちなさ過ぎる。

「なんで、二人とも……水島くんが呼んだの？」

学はかぶりを振った。

黒木に連絡を取ってくれた時点で、新田はその役目を終えていた。後は……自分の気持ちとの向き合いだったのだろう。新田が黒木と話をして、オカルコの見舞いを決意するまで――その経緯になにがあったのかを、学は知らない。ただ、もともと、心のどこかにはずっと罪悪感があったのだろうとは思う。だから一人で、お見舞いにもいったのだろう。

「……たぶんさ」

学はオカルコにしか聞こえないようにぽつりと言った。

「え？」

「本音と本音がこすれ合うと、痛いんだ。その痛みが、大事なんだと思う」

「痛み？」

「そう。痛み」

痛みが、子供を大人にする。たぶん。自分はまだまだガキで、難しいことはわからなくて、世間知らずだ。だから人と触れ合って、痛みを知って、成長する。本当に深いところにある、親しい人の気持ちの欠片に触れるということは、痛みを伴うのだ。それを成長と呼ぶなら、そうなのかもしれないし、そうでないのかもしれない。

「じゃあ、俺はこれで」

学は言って、ベッド脇を譲った。さすがに自分がいては、色々と言いづらいだろうから。これから三人は、自分たちの過去と向き合う。それがどんな結果に終わったとしても、たぶん、彼らは一回りも、二回りも成長して——そしてきっと、思春期(ネバーランド)を卒業する。

オカルコの前髪と同じだ。三人がずっと目を背け、触れようとしなかった心の奥深いところ。たぶんそこにも目を隠すみたいに長い前髪が垂れていて、きっとそれを切らなきゃ、彼らは大人になれないのだ。

そしてそれはたぶん、自分たちも一緒だと、学はそう思う。

病室の外で、大地と翼が待っていてくれた。探るような二人の視線に、ただ肩をすくめてみせ、学は病室の扉をそっと閉じた。


「なあ翼」

病院を出てから、なんとなしに問うた。

「ん?」

「ピーターパン知ってる?」

いつぞや大地にも、同じことを聞いた。この夏の間、学の頭の片隅に常にあったおとぎ話。

「知ってるよ、そりゃ」

「ネバーランドってさ、大人にならない国だろ。でもさ、実際にはこの世界にネバーランドなんてないわけじゃん。絶対、いつか、大人になんなくちゃいけない」

「……ウン」

「だったら……俺らもそうなるべきだよな?」

「大人に?」

「そう」

「そうかなあ」

「少なくとも、幻想のネバーランドにはいられない」

「うん、まあ、そうね」

「ウェンディたちだって、結局ロンドンに帰ったろ？」

「うん」

「時計塔から本音メールがくるのはさ、帰ってこいって言ってんだと思う」

「……あたしたち、実はピーターパンだったら？」

「違うよ。三人姉弟のどれかだよ」

「……大地はマイケル？」

「ジョンじゃね？　眼鏡だし」

「じゃああたしウェンディ？」

「似合わねえー」

顔を見合わせて、しばらくゲラゲラ笑った。大地はぽかんとあっけにとられている。

「これからは、もっとちゃんと話そう」

と学は言った。

「ちゃんとって？」

「だから……なんていうか、バカ話ばっかりじゃなくてさ」

「恋バナ？」

「まあ、それでもいいし……好きな食べ物とか、嫌いな食べ物とか、趣味とか、なんでも。そういうなんでもないことを、もっと話そう」

「そうね」

翼がうなずく。

「じゃあ、ちゃんと話そう。大地もそうして」

翼はいきなり大地の方を向いて、物も言わずに思いっきりビンタをした。大地が微妙に泣きそうな顔をしたのは、痛かったからなのか、それとも……。いずれにしろ、それを見た翼が、ぷっ、と吹きだした。それでなんだかこう、ここ数日の微妙に気まずい空気が、じんわりと溶けていくようだった。

「……いてえ」

大地が頬を擦（さす）った。

「つーかおまえら、話すって言えば、オレに隠してることあるだろ」

学は一瞬ぽけっとした。翼が真っ赤になった。ああ、そういえば。

「そ、それはまた今度！」

翼が慌てたみたいに言った。

「はあ？　なんでだよ、話が違うじゃねーか。オレ帰っちまうぞ」

「とにかく、今度！　今度ちゃんと言うから……あ、そうだ、大地。宿題見せて！」

誤魔化すためか、それとも本心からか、翼がひどく図々しいことを言う。

「ばーか、今年は見せねえって散々言ったじゃねえか。やってねえよ、オレだって」

「えーっ！　どうすんの明日しかないのに！」

「知るか！　自分でやれよおまえの宿題だろ！」

「仲良いな、おまえら」

「学、おまえだって他人事じゃねえだろなにのほほんとしてんだ！」

学は肩をすくめてニヤニヤしてみせる。

夏休みの宿題も大事だけれど。でもたぶん、もっと大事な宿題を、ここに置いてきてしまっていたのだ。だから、取りにきた。夏休みの宿題なんて、なんとでもなる。でもこれは、そういうわけにはいかなかったから。ちゃんと取りにこなくちゃいけなかった。夏の間に。夏休みが、終わってしまう前に。

――ずっと三人でさ、変わらないでいようね。

学はふっといつかの翼の言葉を思い出した。

「変わらないって、難しいな」

「ん？」

「いつか翼が言ったじゃん。ずっと変わらないでいようって」

「ああ……大地が無理だって言ったね」

「そうか？　覚えてねえ」

大地は空を見上げている。

「あっちはさ、星が綺麗なんだ」

ぽつりと、そんなことを言う。

宵の帳に包まれつつある都会の空。ぽつぽつと、星が見える。一等星がやっと見えるくらいだ。でも昨日の牧場からは――バケツでぶちまけたみたいに、星屑（ほしくず）が散らばって見えたっけ。

「……変わってもいいんじゃね？　全部が変わるわけじゃねえだろ」

そんなふうに、大地が言うのが聞こえた。

「うん」

と翼が言った。

「うん」

と学はうなずいた。

「納得すんなよ。恥ずかしい」

と大地が笑った。ひねくれていない、純粋な彼の笑顔は、なんだか久しぶりだ。

そのとき学は、ここ半年、ずっと三人の胸の内に巣食っていたピーターパンが、つまらなそうに空へ飛び立っていくのを見た気がした。物語の最後で、ピーターはウェンディたちが我が家を諦めるように、先回りして、開け放しにされている部屋の窓を閉めて、鍵をかけてしまう。窓はいつでも三人が帰ってこられるように、両親が開けておいているのだけど、ピーターはそれを閉じることで、ウェンディたちが歓迎されていないと思うように仕向けようとしたのだ。

でも結局、最後に諦めたのはピーターの方だった。彼はティンカーベルと二人きりでネバーランドへ帰り、三人は現実のベッドへと戻る。そうして大人になっていくうちに、二度とネバーランドへ行くことは叶わなくなるのだ……。

*

明日から学校だけれど、大地はウチに泊めた。ついでに翼も。居間に布団を三枚敷いて、寝るでもなく夜通しべらべらとしゃべった。修学旅行の夜みたいだった。色々なことを話した。途中何度か本音メールを受信したけれど、それは見なかった。本音なら、お互いに顔を突き合わせてちゃんと話せばいい。大地がそう言ったからだ。

三人でいた時間は長いけれど、こんなふうにちゃんとしゃべったことはあまりなかったかもしれない。いつも翼がバカなことを言って、大地がそれに突っ込んで、翼が大地をイジって、学はそれに便乗して——バカ話は散々したけれど、真面目な話はあまりしていなかったように思う。まあ結局、その日も、最後の方はいつものバカ話になってしまっていたけれど。

翌日、家を出るときに大地が学と翼にプリントの束を突きだしてきた。

「なにこれ？」

「宿題」

「へ？」

「夏休みの、宿題」

意味を理解するのに、数秒かかった。

「どうせ転校するのに、やってたの？」

翼が呆れたように訊ねる。昨日やっていないと言っていたけれど、本当はやっていたのか。それが単なる義務感からか、あるいは二人のためだったのか——大地は言わなかったけれど、学にはわかる気がする。

　今年の絶対見せない、は引っ越しのせいかと思ってもいたけれど。結局いつもの、天邪鬼な大地だったみたいだ。

「どうせやってねーだろ。今日明日(あす)でせいぜい写せよ」

　そう言ってプリントの束を押しつけ、大地はニヤリと笑いながらヒラヒラと手を振って去っていった。

　九月一日。学は翼と二人で、学校へ向かう。ちゃんと勉強して、ちゃんと本音をぶつけ合って、ちゃんと大人になるために。

エピローグ

雪が降ったのでえらく冷え込んだ十二月の朝。花壇のところに夜子の人影を見つけて、学は小さく声をかけた。

「おはよ」

以前の翼みたいなショートカットが振り向いて、大きな瞳をぱっと見開いて慌てたように瞬きする。

「お、おはよう、水島くん」

前髪がないから、目がよく見える。もう半年も経つけれど、未だに直視するとなんだか落ち着かなくなる瞳だ。学はいそいそと視線を逸らして、彼女が手にしているスコップを見やる。

「寒いね。雪かき？」

夜子はうなずく。

「雪の重さで植物が潰れちゃうから……あと、寒いだろうし」

「植物は大丈夫でしょ」

手に息を吹きかけながら笑うと、夜子が気まずそうに短い前髪を引っ張る。以前まで長く伸びていた髪の毛が、治療のときに切られて、最近やっと伸びてきたのだった。本人いわく、目元がすーすーして嫌らしく、たまに引っ張って伸ばそうとしている。

「新田さんとは仲良くやってるみたいだね」

学はできるだけ、なんでもないふうに言った。

「うん。なんかちょっと、まだぎこちないけど」

何カ月も経つのにね、と夜子ははにかむようにうつむいて、マフラーに顔を埋める。

あれから――つまり、あの夏以降、新田深月と、無事退院した岡夜子が一緒にいるところを、たまに見るようになった。悪い噂を流した張本人がそれを撤回して回ったそうで、最近では教室でも、ちょくちょく夜子がクラスメイトと話しているのを見かける。深月にしてみれば、えらい勇気が要っただろうに、そういうことをやってのけるあたりは、すごいやつだと尊敬する。

「そういえば最近、深月がね、髪染めろって言うの。地味すぎるって。水島くんはどう思う？」

「え、俺？　俺は……」

ちら、と背の低いショートカットを見やる。旋毛(つむじ)のてっぺんが見えて、なんだか意味もなくどきどきした。染めなくていいから、短いままでいてほしい、というのが本音のところだけれど。

「いいんじゃない。染めてみても」

「ええー……」

夜子が目に見えてがっかりしたので、慌てて手を振った。

「いや、黒も似合ってるよ。でも気分変わるし……イメチェン、してもいいんじゃないかなーって」

「イメチェンはもう十分だよう」

気まずそうにまた前髪を引っ張る。

「それ、また前髪長くするの？」

「うーん。しない、かな。これはクセっていうか……ホントは落ち着かないんだけど、あれがあるとなんだか殻に籠(こ)もっちゃうから。涼太にもね、短い方がいいって言われちゃったし」

夜子はそれで何か思い出したように顔を上げる。

「そうそう、冬休みに涼太がこっち来るって言ってた」

「あ、大地も言ってたな、それ」

こないだ、翼が嬉しそうに言っていた。最近は少し意識するようになったのか、服装もジャージからカーディガンになって、髪の毛もまた少し伸ばしている。

「ホント？」

夜子が嬉しそうに笑った。

「じゃあ、被害者の会みんなで遊べるね」

悪戯っぽくそう言う彼女の笑顔は、夏休みに比べてずいぶんと明るくなって、最近はなんだか少しまぶしいくらいだ。

「あー……のさ、岡さん」

学は顔をマフラーに深く埋めながら、チラチラと視線を泳がせた。

「うん？」

「六人で遊ぶのも、いいんだけどさ」

「うん？」

学は口ごもる。

チラリ、と夜子の方を見ると、なになに？　という顔で覗き込まれていたので慌てて目を逸らした。

「その……今度二人で、映画でも観にいかない？」

言った。

言って、しまった。

「……二人？」

夜子が怪訝そうに首を傾げるので、また慌てて両手を振った。

「あ、いや、別にいいんだけど！　二人じゃなくても！」

本当は、二人がいいんだけど。でもいきなりは、やっぱり嫌がられるだろうか。

「……考えとくね」

夜子は神妙な顔をしてそう言った。雰囲気をぶち壊すように、予鈴のチャイムが鳴る。

*

夏休みが終わってから、本音メールはぴたりとこなくなった。学も、大地も、翼も、夜子も、それから涼太も。みんな受信しなくなった。

なにがきっかけだったのかはわからない。大元の配信サービス（というと少し皮肉だけれど）が停止してしまったのかもしれないし、それ以外の原因かもしれない。

いずれにせよ、メールは止まり、そして誰もが夏休み前とはどこかしら変わった。それを大人になった、というのは少し格好をつけすぎな気がする。本当に些細な、ちょっとした人間関係の変化とか、意識の変化とか、その程度のものだ。でも確かに変わったなと思うと、以前の自分が妙に子供じみて思える。その思考自体、大人ぶって背伸びをしているだけなのかもしれないし、そう考えるとまだまだガキな気もする。

結局アレは、なんだったのだろう。

今でもときどき、四人で会うと話題にのぼる。四人、というのは、学と、翼と、夜子と、深月だ。本音メール被害者の会、と名付けたのは深月で、一応大地と涼太も会員だけれど、二人とも遠方に住んでいるのでなかなか会合に出ることはできない。結果微妙に女子会みたいな形になって、学は肩身が狭い。

しかし、そんなふうにして会っていると、ふと気がつくことがある。

みんな、どこか似ているのだ。他人との、付き合い方が。

学も、大地も、翼も、そして岡夜子と……おそらくは、黒木涼太も。それぞれの理由は違うのだろうけれど、皆本音をさらけ出すことが苦手な人間だった。もちろん、今も苦手で。建前を盾にして友だちと付き合ってしまうところがある。本音に触れることも苦手だから、あまり相手に踏み込むこともしない。結果的に、変化を拒んで自分の殻に引きこもってしまう――。そういう意味では、新田深月にも資格があったのかもしれない。彼女は時計塔にメールをしなかっただけのことで。

本音メールが送られる人間には、おそらく共通点があった。無作為なように見えて、たぶん、ちゃんとした理由があって選ばれていたのだ。

"For the stagnating teenager"

一番最初のメールにはそうあった。最後の一単語は、ティーンエイジャー。十三歳から十九歳までの時期。思春期。子供から大人になる時期。stagnatingを大地は停滞すると訳していた。意訳すると、〝思春期の中に停滞する少年少女たちへ〟となる。

変わりたくない、変われない、このままでいい、他人の本音になんか触れたくない、友だちなんか作らない――そんなふうに言って成長を拒む。まるで永遠の少年・ピーターパンみたいに、ネバーランドに引きこもる。

その幻想のネバーランドから子供たちを引っ張り出すのが、本音メールの目的だったのではないだろうか――なんて、学は思ったりしている。今さらどうでもいいことだけれど。

ホンネの時計塔は、今でも残っている。試しに——相当な勇気と覚悟が要ったが——学がもう一度空メールを送って登録してみたところ、普通にみんなと同じ——いわゆる偽物の本音メールが送られてくるようになった。イニシャル一文字の、例のアレだ。しばらく待ってみたが、それ以上特別奇妙なメールはこなかった。本音メールはあくまで、ただのジョークメールだった。

一夏の、夢幻だったのだろうか。

夏休みが終わってから、ふと気がつくと、フォルダから今までに受信した本音メールがすべて消えていた。忽然と、跡形もなく。不気味なくらいに後を濁さない鳥だった。本当に、なにか悪い夢でも見ていたんじゃないかと思いたくなる。

それでも、確かにあったのだ。人の心を読み取って、メールに落とし込んで送りつけてくる、奇妙なメールが。学は今でもたまに、ブブッ、という通知バイブを聞くと本音メールを受信したんじゃないかと錯覚することがある、

ブブッ

教室でぼんやり物思いに耽っていた学は大げさにびくっとした。まさにそのブブッ、だった。

恐々メール画面を開く。差出人をきちんと確認していたにもかかわらず、その文面

に一瞬身が凍りついた。

『From:yoruko ――映画、行きたいです。二人で！』

差出人は、岡夜子だ。本音メールじゃなくて。

わかっていたのに必要以上にビビってしまった自分が可笑しかったのと、メールの内容が嬉しかったので、学は声をあげて笑ってしまった。

本音を伝えるのに、本当に必要なのは、本音メールじゃなくてちょっとの勇気だ。

存外本音メールが伝えたかったのは、皮肉にもピーターパンこそが言いそうな、そんな些細なことだったのかもしれない。

おわり

あとがき

本作の執筆中に入院を経験しました。検査のための、全然大したことのない二泊三日の入院だったのですが、初めてだったのでひどく動揺したのを覚えています。四人部屋で、同じ病室の、薄い仕切りカーテン越しに聞こえてくる入院患者さんたちの気配が、異様にリアルでした。やることもなく、寝ているしかなかったので、ぽけーっと窓の外ばかり見ていました。梅雨明け直前の、くすんだ水色の空だったのをよく覚えています（入院中に梅雨が明けました）。数日後には予定通り退院できまして、おかげさまでこうして本作を上梓できる運びとなりました。その経験が影響した、というわけでもない気がしますが、本編にはちょこっとだけ、夏の病院が出てきたりします。

本作は、天沢夏月の四冊目の小説になります。今回もいつもと同じ、夏色テイストの青春小説です。ただ、今までの三冊は青春の〝陽〟側を書いてきたのですが、今回は比較的〝陰〟に近い部分を書けたのではないかと個人的に思っています。タイトルからも想像はつきやすいかと思いますが、ちょっと変わった形のテレパシーがかかわる、どことなく後ろ暗いお話に仕上がりました（いつもが〝青〟なら、今回は〝蒼〟のイメージです）。自分も決して〝察すること〟〝伝えること〟が上手な人間ではないので、テレパシーには人並み以上の羨望があったりします。いいですよね、テレパシー……僕も欲しい。

予定は未定ですが、次はまた〝青〟の方の青春小説を書こうと思っています。願わくば五冊目のあとがきでお会いできますように。天沢夏月でした。

二〇一四年　十一月下旬

天沢夏月

著作リスト

サマー・ランサー（メディアワークス文庫）
吹き溜まりのノイジーボーイズ（同）
なぎなた男子!!（同）
思春期テレパス（同）

本書は書き下ろしです。

メディアワークス文庫

思春期テレパス

天沢夏月

発行　2015年1月24日　初版発行

発行者　塚田正晃
発行所　株式会社KADOKAWA
〒102-8177　東京都千代田区富士見2-13-3
プロデュース　アスキー・メディアワークス
〒102-8584　東京都千代田区富士見1-8-19
電話03-5216-8399（編集）
電話03-3238-1854（営業）
装丁者　渡辺宏一（有限会社ニイナナニイゴオ）
印刷・製本　旭印刷株式会社

ISBN978-4-04-869240-3 C0193

メディアワークス文庫　http://mwbunko.com/
株式会社KADOKAWA　http://www.kadokawa.co.jp/

本書に対するご意見、ご感想をお寄せください。

あて先
〒102-8584　東京都千代田区富士見1-8-19　アスキー・メディアワークス
メディアワークス文庫編集部
「天沢夏月先生」係

第19回電撃小説大賞
〈選考委員奨励賞〉受賞作！
SUMMER LANCER
サマー・ランサー
天沢夏月
イラスト／庭
剣を失った少年を救ったのは
向日葵の少女だった。
輝く日々を描く爽やか青春ストーリー！
剣道界で神童と呼ばれながら、師である祖父の死をきっかけに竹刀を握れなくなった天智。彼の運命を変えたのは、一人の少女との出会いだった。
高校に入学したある日、天智は体育館の前で不思議な音を耳にする。それは、木製の槍で突き合う競技、槍道の音だった。強引でマイペース、だけど向日葵のような同級生・里佳に巻きこまれ、天智は槍道部への入部を決める。
剣を失った少年は今、夏の風を感じ、槍を手にする──。第19回電撃小説大賞〈選考委員奨励賞〉受賞作！

メディアワークス文庫

探偵・日暮旅人の探し物
山口幸三郎
保育園で働く陽子が出会ったのは、名字の違う不思議な親子。父親の旅人はどう見ても二十歳そこそこで、探し物専門の探偵事務所を営んでいた――。これは、目に見えないモノを視る力を持った探偵・日暮旅人の、『愛』を探す物語。
や-2-1
053

探偵・日暮旅人の失くし物
山口幸三郎
目に見えないモノを〝視る〟ことができる青年・旅人が気になる陽子は、何かにつけ『探し物探偵事務所』に通っていた。そんな時、旅人に思い出の〝味〟を探してほしいという依頼が舞い込み――？　探偵・日暮旅人の『愛』を探す物語第2弾。
や-2-2
068

探偵・日暮旅人の忘れ物
山口幸三郎
旅人を慕う青年ユキジは、旅人の〝過去〟を探していた。なぜ旅人は視覚以外の感覚を失ったのか。ユキジの胸騒ぎの理由とは？　目に見えないモノを〝視る〟ことができる探偵・日暮旅人の、『愛』を探す物語第3弾。
や-2-3
094

探偵・日暮旅人の贈り物
山口幸三郎
陽子の前から姿を消した旅人は、感覚を失うきっかけとなった刑事・白石に接近する。その最中、白石は陽子を誘拐するという暴挙に出て!?　旅人は『愛』を見つけ出すことができるのか――。シリーズ感動の完結巻！
や-2-4
107

探偵・日暮旅人の宝物
山口幸三郎
大学時代の友人から旅先で彼女の振りをしてほしいと頼まれた陽子。困惑する陽子だが、その頃旅人は風邪で寝込んでしまっていて――？　目に見えないモノを視ることができる探偵・日暮旅人の『愛』を探す物語、セカンドシーズン開幕。
や-2-5
152

メディアワークス文庫

探偵・日暮旅人の壊れ物

山口幸三郎

探し物探偵事務所に見生美月と名乗る美しい依頼者が現れる。彼女は旅人を「旅ちゃん」と呼んだ。旅人の過去を知る女性の出現に、動揺を隠せない陽子だが――。探偵・日暮旅人の『愛』を探す物語、セカンドシーズン第2弾。

や-2-6 199

探偵・日暮旅人の笑い物

山口幸三郎

クリスマスを旅人と共に過ごすことになった陽子は、ついに自分の気持ちを伝える決意をする。だが旅人の体には、ある異変が起きていた――。目に見えないモノを視る力を持った探偵の『愛』を探す物語、セカンドシーズン第3弾。

や-2-7 265

探偵・日暮旅人の望む物

山口幸三郎

日暮旅人の名でマスコミに送られた爆破予告。旅人を陥れようとする美しき犯人の目的とは。すべての謎が繋がり、そしてついに審判の時を迎える。目に見えない物を視ることができる探偵・日暮旅人の『愛』を探す物語、本編堂々完結!

や-2-8 327

雨ときどき、編集者

近江泉美

出版不況にあえぐ大手出版社『仙葉書房』の中堅文芸編集者・真壁のもとに、一通の手紙が舞い込んできた。それは、死んでしまった作家からの『遅れてきた遺言』。「真壁、俺の本を親父に届けてくれ――」。マイナーな日本小説を、海外に羽ばたかせるには?

お-2-5 329

海の上の博物館

行田尚希

瀬戸内海に浮かぶ小さな島に建つ、茅埜辺市立博物館。本土から見る光景は、まるで海に浮かんでいるかのよう。その博物館で働く個性豊かな学芸員たちに囲まれ、新人女子・若菜は悪戦苦闘しながら成長していく――。

ゆ-1-4 330